# 人生逆旅

梁恩明◎著

作家出版社

**图书在版编目（CIP）数据**

人生逆旅 / 梁恩明 著. –北京：作家出版社，2013.9

ISBN 978-7-5063-7070-7

Ⅰ.①人… Ⅱ. ①梁… Ⅲ. ①中国文学—当代文学—作品综合集 Ⅳ. I217.2

中国版本图书馆 CIP 数据核字(2013)第 216667 号

**人生逆旅**

**作者**：梁恩明

**责任编辑**：王宝山

**装帧设计**：四川科鹏文化传播有限公司　028-66684916

**出版发行**：作家出版社

**社址**：北京农展馆南里 10 号　**邮编**：100026

**电话传真**：86-10-65930756(出版发行部)

86-10-65004079(总编室)

86-10-65015116(邮购部)

**E-mail**：**zuojia@zuojia.net.cn**

**http ://www.zuojia.net.cn**

**印刷**：成都白马印务有限公司

**成品尺寸**：170 × 240

**字数**：260 千

**印张**：13.25

**印数**：5000 册

**版次**：2013 年 9 月第 1 版

**印次**：2013 年 9 月第 1 次印刷

**ISBN** 978-7-5063-7070-7

**定价**：26.00 元

# 目录

MU LU

# 目录

MU LU

## 小　说

# 序

**何开四**

我和梁恩明先生相识于上世纪八十年代，那时他还是乐山文化局的官员。除了热心于文艺的组织工作外，还热衷于写作，作品散见于各类报刊，也足有可观者，光阴荏苒，白云苍狗，悠悠二十多年过去了。恩明早就终止了他的仕途，转而商海弄潮。角色的转换没有影响他对文学的痴情，我依然陆续读到他的作品。看来恩明和文学确有不解之缘。他对文学的热爱与生俱来，一以贯之。过去如此，现在如此，将来我看也摆脱不了笔墨生涯。另一方面恩明的文学情缘并非作为票友的存在，应该说，他是一个有独特个性的作家，其作品的意蕴、作品的艺术传达，极富特色，经得住岁月的汰洗，我不妨拈出三点，以概其余。

读恩明的作品，首先使人感到的是作者的真实。我这里的真实主要指的是精神的真实。文学创作说到底是作者的心灵和情愫的审美对象化。人的精神世界，在很大程度决定了文章品位的高低。人性中最本真的东西，

人性中最本真的东西，是文学焕发光彩的源头活水。现在很多所谓的文学创作，最缺失的就是这一点。人事丛脞，人生多故，反掌荣辱，转浊盛衰，使人戴上了厚重的人格面具，再加上社会的浮躁，说谎成本的低廉，所以『贾雨村』、『甄士隐』一类的人物，最容易粉墨登场。

是文学焕发光彩的源头活水。现在很多所谓的文学创作，最缺失的就是这一点。人事丛脞，人生多故，反掌荣辱，转浊盛衰，使人戴上了厚重的人格面具，再加上社会的浮躁，说谎成本的低廉，所以“贾雨村”、“甄士隐”一类的人物，最容易粉墨登场。写文章成了写面具，自传成了他传，他传成了自传。作者都是恂恂如也的君子，以至于钱钟书先生浩叹“文章不足征人品”，“大奸能为大忠之文”。这是文学的异化，也是文学的悲哀。读恩明的散文，所以生了这些感慨，正是因为其作品的个性化，情感的自然真挚，人品和文品的一致，和那些“伪文学”判然有别。《再相逢》是一篇带有回忆性的文章，写的是高小时的班主任老师张星茹。按照通常的写法，往往是对老师的颂扬。恩明的开篇则是：“三十多年过去，她留给我的感觉：是一位过于威严，不苟言笑，很让学生惧怕的师长。老实说，我一点不喜欢她。”继而以冷峻的笔墨状写了在封闭的年代中一代学子心灵的苍白和扭曲。作者批判的眼光实际上并不是针对具体的人，而是有很强的社会批判力量。经历过那个荒诞岁月的人，心中都会留下阴影，而恩明富于个性化的书写，尤其给人留下了深刻的印象。《兄妹之间》以祭奠父亲的事由，写了作者和四妹的隔阂。这里面固然有经济地位的不同和价值取向的差异造成的观念及情感的落差，也有岁月悲剧酿成的历史伤痕和自身的愧疚，千头万绪，说不明，道不清，呈现出心理学上典型的“杂糅感情”。而文章结尾的祝愿把这种情感表现得十分真挚：“我只愿你的在天之灵，保佑四妹，她才四十岁，她的人生太艰辛了。我不希望她像我，但也不希望她像你一样走完她的人生。父亲，你听见了吗？”这是从心田中汩汩流出的情愫，自然而真切，具有撼动人心的力量。《莫斯科郊外的老人》则是一篇带有英雄情结和沧桑感的文章，但同样真挚自然，没有作秀的成分。文章写了一个当年参与过反法西斯战争的红军老战士晚景的凄凉。如果我们把血性贲张、金戈铁马的岁月称为史诗，那么，平庸懒散、浮华空洞的现实就是“散文时代”。正是在史诗和散文的交织中，作者感慨系之。他敏锐地捕捉到现实中英雄主义的缺失，感伤一个伟大的民族的褪色。另一方面作者对这位老人的礼赞，正是自身英雄情结的外化和投射。“我真不敢相信，眼前这位不起眼的老人，竟是我心中崇敬已久的稀世英雄。他祥和的皱脸，一点不显当年横扫过狂魔的霸气，一点不像他周围的后生们，个个冷漠自傲，还把没落帝国的荣耀强撑在脸上。老人显然也很鄙视他身边这些无视他存在的后生。”这里感情的倾泻，取向分明，彰显了一个人的真性情。文如其人，老生常谈，而亦谈何容易哉！而在恩明的文章中，我们感到了两者的合一，确属难能可贵。巴金先生晚年讲的最多的是“讲真话”，实际上，我们文学进步的逻辑前提就是从讲真话开始。

人性中最本真的东西，是文学焕发光彩的源头活水。现在很多所谓的文学创作，最缺失的就是这一点。人事丛脞，人生多故，反掌荣辱，转浊盛衰，使人戴上了厚重的人格面具，再加上社会的浮躁，说谎成本的低廉，所以『贾雨村』、『甄士隐』一类的人物，最容易粉墨登场。

文学传达感情，文学也传达思想。甚至在一定的意义上说，思想是文章的灵魂。恩明有独立思考的品格，他不人云亦云，随声附和，乃言他人所未发，辟他人所未辟之境。而且往往一言既出，发唱惊梃。但是他的识见并非“短笛无腔信口吹”，而是做到言必有征，语无虚发。这很得之于他数十年的积累。人们常说，有多大的经历干多大的事。就人生沧桑而言，他明显较常人丰富。加之他阅读面广，特别是对历史尤其是军事史的谙熟，使他有了发言的底气。又因为多年的周游列国，有了可资参照的比较。所以他为文的纵横捭阖，激扬文字，酣畅淋漓，很容易给人以感染和启迪。《朝鲜行》中对当今朝鲜现状别具一格的理解，就蕴含了他自己的人生感悟和对中国六十年变迁的颖悟。《旅欧感叹（二题）》参观凡尔赛宫的感慨折射出思想的光芒。特别是以凡尔赛条约对日后法西斯德国肆虐世界进行的反思，就蕴含了深厚的历史知识根基。而《北欧六日记》对世界各国社会制度选择的多样性，对北欧福利社会的认识，就得力于多种国度参照系的比较。我不妨引一段作者游览芬兰后的文字，以飨读者：

小国夹生在大国之间，很难把握自身的命运：卧榻之侧岂容他人酣睡。而半个多世纪以来，北欧的一连串小国，夹卧在大国之侧，吸取历史教训，不再依附于任何列强，恪守中立，把自己世界政治边缘化，就像躲进了武陵山洞里的桃花源，自我生息；用民主架构的政治体制，焕发人人不乏的创新想象力；以独占鳌头的世界电讯科技和保护得很好的自然资源，自立于世界民族之林。他们不与任何外人争风竞雄，自己享受着自己创造的现代化的田园生活。他们所走的社会道路，也许才是人类真正向往的社会之路。

这是我们在所谓的旅游文学中很难见到的文字。作者看法我们无需做评骘，但其独立思考的品格则可见一斑。当然，恩明为文也具辩证思维，往往文含两意，语出双关。在写北欧的同一篇文章中，在瑞典的见闻和感慨又有新意出之：

我和风风先出馆门，见光照的大草坪上，散坐着晒太阳的人。他们一动不动，在风和日丽中感受天灵地气。我俩也跟着“放荡”开来，脱光上衣，仰天合眼，醉眠芳草。

清风幽香，鸟啼声脆，四周宁静，静得空荡、静得可怕，静得活人就像在尝试离世的圆寂。

一个崇尚英雄、歌颂剑侠的民族，谁会安于这种死静的生活？壮士的激情要在竞技中燃烧，要在成就中享受，这才是我们入世的精神。人在少年时，应该学法家，

文学传达感情，文学也传达思想。甚至在一定的意义上说，思想是文章的灵魂。恩明有独立思考的品格，他不人云亦云，随声附和，乃言他人所未发，辟他人所未辟之境。而且往往一言既出，发唱惊梃。但是他的识见并非『短笛无腔信口吹』，而是做到言必有征，语无虚发。

锐意进取，既是烈士暮年，也该壮心不已，这才是我们的人生价值。

读这一段文字，则是另一番况味。对福利社会的隐忧，氤氲于字里行间，也是切中时弊之谈。如果把两段文字合观，我们可以看到，作者摒弃了线性思维，思维的发散和广阔度，有如天马行空，自由驰骋。大千世界、辨异析疑、人生憬悟，无不扫而包之。这在他2012年的新作《贝加尔湖》中更是得到了淋漓的表现。作者多维度的思考和旅游的移步换形中蕴含了丰富的历史和现实的内容。从苏武牧羊的苦寒到《尼布楚条约》的荒诞，从西伯利亚军团的神勇到高尔察克的英雄迟暮，从内战和外战的关系到今天俄罗斯民族对战争的理解，历史风烟氤氲于字里行间，作者遄飞的逸兴仰天的感喟，颇有壮士铜头铁琵琶唱大江东去的气概。而其中对俄国十二月党人的评骘，尤其给人留下了深刻的印象。贝加尔湖和邻近的伊尔库茨克，是当年十二月党人的流放地。东西伯利亚漫天的风雪，仿佛已将这段历史深深埋葬了。“可我很难将教室里纸糊的破窗、昏暗的油灯，还有墙上那小孩幼稚的图画，与一个出没于宫廷的贵夫人相连，更难把将军的英姿还原在炉火燃烧的铁匠铺里。而这，恰恰又是十二月党人在生命的最后岁月里发出的光和热。或许，当年这里的民众并不知道他们怎么会来到这里，但他们来到这里，耗尽心力所做的启蒙，却得到了当地民众深深的爱戴。”作者这段诗性的文字交响着历史的华彩，进而迸发出智慧的火花：

伊尔库茨克，这个远离莫斯科的州府，最容易闹独立的边陲，在苏联解体时，竟然没有脱离俄罗斯，自立为国！不知是十二月党人在这片蛮荒的土壤里，最早播下了俄罗斯文化的种子，还是这片土地上的人们，与十二月党人有剪不断的魂影？

……

昨夜下过一场大雪，这里的枫林红了。我的朋友说：那是十二月党人的血染红的。

行文至此，你不能不佩服作者的善思和卓识，它大大超越了一般作家舞文弄墨的风月谈，而有了思想者的风采。它既是对十二月党人的礼赞，也彰显了文化的力量。就陋见所及，在探讨苏联解体和有关贝加尔湖的文章中，这种发唱惊梃的见解少如凤毛麟角。拍案惊奇，兹焉顿足，其为作者之灵犀耶？恩明常称自己的写作是商人的视角，然高文何绮，又岂能是商人视角所能涵盖哉！

当然在表述上，恩明也并未让思想“裸奔”，他把散文的叙事、写景和随笔式的议论有机融合，羚羊挂角，

文学传达感情，文学也传达思想。甚至在一定的意义上说，思想是文章的灵魂。恩明有独立思考的品格，他不人云亦云，随声附和，乃言他人所未发，辟他人所未辟之境。而且往往一言既出，发唱惊梃。但是他的识见并非『短笛无腔信口吹』，而是做到言必有征，语无虚发。

天然凑泊。《贝加尔湖》即是一个典型的例子。这在他的小说创作中，同样有生动的体现。像《尤科长》、《肖二娃》、《赌局之外》等都是有代表性的作品。其中《尤科长》是官场小说，作者以轻松的笔墨塑造了令人发噱的小公务员的形象。《赌局之外》则写出了商海沉浮、官商暧昧、尔虞我诈的社会众生相。《肖二娃》更是一篇跳出，值得关注。作者善于在特定的语境中塑造人物，环境的描写和人物的精神世界丝丝入扣。他描写的那个小巷密布、垃圾四散、喧闹嘈杂的棚户区，正是肖二娃这一类人物精神的物态化。肖二娃们为改革支付了成本，但并未真正享受到改革的成果，是被边缘化了的零余者。小说写道，“世道在他们眼里颠倒了，他们疑惧改革的前景而怀念过去。这便成了他们思想的主流。”“老人还在说：‘二娃的神经可能出了毛病，他这个月一天到晚就躺在床上，起来就抱起吉他又弹又唱，四邻都在笑，说他只会吼《国际歌》。’”肖二娃们的精神状态和心中积蓄的能量由此可见。作者还善于用细节刻画人物，其中的一些观察可谓入木三分。聊举一例，以概其余。“斜对门的张婶，这时端出一盆热气腾冒的滚水，搁放在张三娃的脚下。五大三粗的张三娃拧鸭提刀，鲁莽地背过鸭颈，横刀一抹，还没见血，就甩手放生。扑闪乱蹿的跑鸭，仰颈一声哀鸣，喉头一股血涌，血珠淌浸在地面，牵出一绺喜庆的红绳。张婶佝腰在笑，提刀拭血的张三娃也咧嘴在笑。从他们杀鸭取乐的发泄中，从他们欣赏活物临死前痛苦的呻吟中，我仿佛觉得满天的阴霾都塞进了胸中。”这是小巷风流，这是小巷的精神生活，这是血的审美，这是底层草根的精神图谱。他们都是本分的人，他们也是我们的父老乡亲！如何让他们也尽快富裕起来，如何让他们有健康的精神生活，这的确是值得我们深思的问题。在这篇小说中，作者忧虑的深广和表达的练达都发人深省。

末了，我还要谈一谈恩明作品的艺术风格。鲁迅在《半夏小集》第七则中说过这样一段话：“……假使我的血肉该喂动物，我情愿喂狮虎鹰隼，却一点也不给癞皮狗们吃。养肥了狮虎鹰隼，它们在天空，岩角，大漠，丛莽里是伟美的壮观，捕来放在动物园里，打死制成标本，也令人看了神旺，消去鄙吝的心。但养胖一群癞皮狗，只会乱钻，乱叫，可多么讨厌！”读恩明的文章，你会感到他是欣赏狮虎鹰隼的，有铜头铁琵琶唱大江东去的豪迈。男人的阳刚、血性、力量的劲道，乃至某种攻击性，构成了他叙事的基本风格。这也许和他是重庆人，有“巴蔓子”的遗风有关。生活中的恩明给人的印象就是执拗、坚韧，不撞南墙不回头，撞了南墙还要撞的人物。加之他善于辞令，雄辩滔滔，辩才无碍；发而为文，就成了一种难得的气势和文学特有的“气场”。他的作品“令人看了神旺”，其源也盖出于此。但另一方面，一味

他文章的风格在强势中也同样跌宕有致，摇曳多姿。除了情感的真切和长于写景外，其文字突出的特色是幽默。哲学家康德说过，幽默是理性对对象的自由戏弄。对于一个具体的人来讲，幽默则是人的一种气质，它多表现为通达、机智、自嘲和笑对人生的乐观。

的强悍，也有用力过猛之嫌，所谓哓哓者易折是也。恩明于此也早有会心。他文章的风格在强势中也同样跌宕有致，摇曳多姿。除了情感的真切和长于写景外，其文字突出的特色是幽默。哲学家康德说过，幽默是理性对对象的自由戏弄。对于一个具体的人来讲，幽默则是人的一种气质，它多表现为通达、机智、自嘲和笑对人生的乐观。正是幽默的介入，使恩明的文章增添了灵性和活气，也大大缩短了读者的阅读距离，甚至可以说，他文章的节奏是以幽默来调节和转换的。《旅欧感叹（二题)》中，作者有一段文字，是写因被洋人视为“另类”而生的感慨：“现在的文明人，肯定在世上是最先野蛮的。要当君子，必须先学会做小人，学会做贼。我们最大的遗憾是：做贼做迟了，所以才是贼。”在这段痛快淋漓的反讽后，作者继之以一段幽默的叙事，把他在荷兰国艺馆做“活雷锋”拾金不昧的故事描绘得活色生香。最后是失物者，“那两位女郎，文明血统的高贵女郎，在向我，蒙昧丑陋的我，真诚地、恭敬地，深深鞠躬。这时，我内心的欢愉，简直比拿了她们的钱物还要畅快。”这种在诙谐中的柳暗花明，富于情趣，增添了文章的魅力。还要说的是恩明的幽默不是刻意为之，往往随意点染，源头活水，不绝而来。我也信手拈来两段文字：

我身旁坐着一个口沫四溅的小子。我举杯敬他，顺便打探他的身世，得知他是山西煤老板之子，便问他来此学啥，他答："核物理。"我看他那满嘴"无理"的酒话，倒像是来海外嗨袍哥的。他老子或许不会想到：他用黄金铸造的将是一条国际滚龙。

——《俄罗斯见闻》

一个个只穿裤衩背心，条肌油亮的彪汉，在水中猫腰劲划。飞舟尾部迎风招展的小旗虽署明××局，可舟上的人，一点官气不沾。据说都是用重金募来的农友，已在沿江粪船上操练了半月。花钱的人图名；卖力的人图利；领奖的人在岸台上助威；收钱的人在水中玩命。吼声连天，好不闹热。

——《尤科长》

第一则对"富二代"留学的挖苦，有四川人滑稽多智的特色。

"物理"和"无理"的谐音，"嗨袍哥"和"滚龙"等方言语汇的活用，三言两语就惟妙惟肖地刻画出一个煤老板嫡传的可笑。第二则的盛世龙舟图，看似写实，但有深意存焉。龙舟竞技，要的是公平，却与单位无关，全是假打。"据说都是用重金募来的农友，已在沿江粪船上操练了半月"，这句话有画龙点睛之妙。农友的给力

他文章的风格在强势中也同样跌宕有致，摇曳多姿。除了情感的真切和长于写景外，其文字突出的特色是幽默。哲学家康德说过，幽默是理性对对象的自由戏弄。对于一个具体的人来讲，幽默则是人的一种气质，它多表现为通达、机智、自嘲和笑对人生的乐观。

和在“沿江粪船上操练”，有“冤亲词”的张力，作者不动声色地写来，令人不禁哑然。

现在不少人的作品不耐读，缺乏灵性，是和情趣及幽默绝缘有关。写文章需要有一个相对自由的心境，你要摆出一副寡妇脸，或是一味正人君子相，那就正如鲁迅所说：“可多么讨厌！”而恩明的文章在这一点上也给我们以启迪。

前贤有云：非人磨墨墨磨人。说的是文字生涯的艰辛和对人生的消磨。不过，恩明未必如此。尽管写文章对他来说只是余事，但他磨墨盎然，快乐写作，斯亦性之所然也。三十功名尘与土，八千里路云和月，官海弄潮，商海弄潮，文海也弄潮，而且都要弄出个玩意儿来。这是恩明的宿命。

# 1

# 散 文

# 兄妹之间

父亲病殁的忌日，事隔多年，我淡忘了。大约是1972年的隆冬吧？那天，雪雨纷飞，我和四妹陪送他回归来世的故乡。

我迄今不明，憨厚的父亲，为何临终要悖逆他效忠的党国禁令，不愿火化，执意回归乡土？父亲殓葬，合棺那瞬间，我瞧见他的最后一眼：是那蜡黄的瘦脸，深陷的眼眶，还有那枯藤似的躯干穿着那身从我懂事就没见他穿过其他外衣的军装。严系的风纪扣，紧箍着用劳保手套拆散染织的内衣。这么多年了，我真想给他移墓，揭土看一看，那菲薄的木棺，那黑白夹织的粗衣，是否腐朽？也许什么都没有了，泥土中陪伴他残骸的，应是那军帽上蚀而不腐的铜制国徽，还有那化不去的缕缕忠魂。

今年清明，我驱车返渝，打算约四妹去川北祖籍，给先父扫墓。那天，她正在老房苦楝树下的水泥洗槽边忙碌。

屋角的沟边，一株苦楝树，高高蓬展，浓荫的洗槽里摆放着一个破盆，盆沿爬满了透红发亮的蛆蛹。我一见就心悸，她却不停地用手在里面翻倒。

“你回来了！”她侧目浅笑。那憔悴、忧郁的面容，很不自然地笑过，又埋头自顾起手上的鸟食，全然没把我这千里归来的大哥放在眼里。

这样的冷遇，我多次面对。她生活不遂，于我的宿怨，更是难解。去年她又下了岗，每月领取135元的社会福利，糊口不够，更莫说育女。她的独生女正在念高中，正是她拖船挣滩的峡口。多亏她沉默寡言的丈夫，是个自强不息的男子汉，自找门路，在家做起育雀卖鸟的小本生意。并不宽裕的住房，鸟巢占去了近半。

“我想回渠县去给父亲上坟。”我冷站在她面前，有几分尴尬，不过，还是很快道明来意。

“你睡醒了。”她抬眼讪笑，是那么鄙视，“你还没忘记你是从这个家出去的，还有一个清贫了一生的父亲。”

听她话中有刺，我有些迟疑：“我想……”

“你还想什么？”她扭头审视过我，“你不是已经想到了你想得到的一切。你还终于想起了父亲。老人家真是在天有幸，他的大公子、大学生、大款爷，要去看他了！”她急促喘气，酷似父亲的那张瘦脸，透出了早年的

我听人常说：暴发新贵最忘祖，有的甚至连自己的祖宗都不认，偏要去寻当名人的后裔。这也难怪，成龙的人，谁不想把自己为蛇的历史抹去，谁还愿去留存那些心酸的泪痕。忘得了的，已经忘了，忘不了的，永远也别想忘掉。

精明，“不过，这一次你没有那么幸运。你想错了，我不会陪你同去的。再说老家的族人，也不会再欢迎我，他们现在眼中只有你。多么了不起呀！梁家出了你这么个时髦的款爷……”

猛然的咳嗽，噎得她粗气直喘。我无奈地皱起眉头，又引来她的误会。她乒地掀动破盆，甩了甩手沾的污垢，瞪眼问我：“你见不惯这些，是不是？我们下等人每天就是这样生活，像当年父亲那样，也许你忘了，我不会。”

伶牙俐齿，泼辣直率，都不逊当年。

不待我启口，她接着又说：“今年，我不能回去给他老人家上坟了，我想，老人家在三尺黄土下会理解我的，但是，你不会。”

提及父亲，她深藏心底的旧怨，终于披泄，这是我理解的，可她为什么又把我与她、与父亲，置于冰炭不容的两极。

我万万想不到，我内疚的一件旧事，小小的旧事，她也没忘记。此时，她会重提：

“你回去，替我在老人家坟前磕个头，点炷香，如果你真觉得内心有愧，别忘了，替他老人家烧件毛线衣，纯毛的。”

她还在说什么，我脑里已是一片空白。

懵懵懂懂，离开老屋，躺进奔驰轿车，我一声厉吼：

"去渠县。"司机小李不明就里，大为惊惶。

轿车在丘壑连绵的国道奔驰，我空疏的脑际，掠过的是不遐而来、晃眼即去的玻璃窗外的春色：绿油的田野，粉红的桃花，荷塘、竹林、房舍……来的要来，去的要去，宛若如梦人生。我听人常说：暴发新贵最忘祖，有的甚至连自己的祖宗都不认，偏要去寻当名人的后裔。这也难怪，成龙的人，谁不想把自己为蛇的历史抹去，谁还愿去留存那些心酸的泪痕。忘得了的，已经忘了，忘不了的，永远也别想忘掉。四妹的憎怨，四妹的嘱托，勾起的往事印象，反比眼前消逝的景色清晰。

那是不堪回首，又只能说幸福的年代。我家住在工厂附近一片破矮、庞杂、喧闹的家属小区。父亲是重棉厂消防队长，母亲是工人，每月共计一百多元的工资，维持六口之家的生计，实在不易。成天的苞米面稀粥，吃了就饿，我终日盼过年。12 岁前我没穿过袜，露趾的水笆笼胶鞋里，脚丫裂的冰口，又长又硬，身穿的阴丹士林布衣裤，是父亲假日带我去歌乐山割草，卖给牛奶场买的，我每次洗过都不敢拧，怕拧破，水淋淋地搭在晾绳上。记得有一天，我在学校乒乓队练球，挥拍起兴，把脱置一边，不忍让汗渍浸蚀的破背心忘了，第二天去寻，教练竟让队友用来当了抹桌帕，找来的是一片笑声。

我听人常说：暴发新贵最忘祖，有的甚至连自己的祖宗都不认，偏要去寻当名人的后裔。这也难怪，成龙的人，谁不想把自己为蛇的历史抹去，谁还愿去留存那些心酸的泪痕。忘得了的，已经忘了，忘不了的，永远也别想忘掉。

那时，我多么渴望有件毛线衣啊！最好是绿色的，做梦都在想。我光着脚在嘉陵江边挑过沙石，裸着背在作坊里纺过石棉，还饿着肚替邻家拉板车送过蜂窝煤。我攒了十元钱，都是五分一角的硬币、零钞，装在铅笔盒里，每晚偷偷摊出来数。其实，总数在我脑里清清楚楚，分毫不差，但数钱的欢愉，恐怕只有葛朗台类的财迷方能体会。一天，我把攒积的钱交给值得我信赖的父亲，说："我有十元钱了，我想买件毛线衣。"

羸弱的父亲望着我，沉思了许久，只说了一句话："你长大了。"

父亲没给我买毛线衣，他是把自己身上穿的，我家唯有的一件毛线衣，绿色的，脱交母亲改织给了我。他从此就穿上了他归去时，还穿着的那件用劳保手套拆织的线衣。四妹对我的虚荣，大为鄙视。她读书勤奋，又能吃苦，而我呢？正如她所说：我一向幸运。

模糊的玻璃窗外，怎么洒起了春雨？刮雨板嗞嗞地在挡风玻璃面摇曳，湿漉漉的柏油路面，车轮辗过，发出沙沙的粘响。远处一片朦胧烟云。

这不似秋色吗？不似我少年最喜欢的"辽阔江天万里霜"吗？可秋天，造化我的不是吉祥，而是悲凉、愁煞。

二十年前的凉秋，父亲患了胃癌，动过切胃手术，又误信江湖庸医的秘方，煨喝了"神汤"，腔生腹水，排不出，又不能抽，胀歪着肚，整天躺在破褥塞垫的凉板椅上，望着屋角那株苦楝树。他生活不能自理，母亲和顶替他工作的妹妹要上班，另一个妹妹支边，远在边陲。孝道的责任，义不容辞地落在我和四妹两个都渴望改变自身命运的妄人身上。也就是说，我与四妹，今天迥然不同的境况，二十年前就注定了。要么是她，要么是我，像父亲当年那样为艰辛生存而忙碌。兄妹间的虚伪，不到关键时刻，是很难显露的。我想过辍学，理还乱的思绪又剪不断，去向我尊敬的高中班主任肖先生请教，他大为惊讶：“你怎么会有停学的想法？”先生厚爱于我，这是我知道的，可先生哪里会知道我面临的窘境。

我还在彷徨犹豫时，四妹却一声不响地停学了。她是不是也请教过她的老师？是不是也有过我那样的犹豫和彷徨？我，不得而知，只记得她停学的第三天，她的老师，一个我终生难忘，走路有些颠簸的中年先生，冒雨来访。四妹泣不成声，躲去邻家不愿见他。他与我有了这样的谈话：

“你妹妹有读书的天分，又勤奋，你知道吗？她好胜，不甘人后，这正是她天分的酵母。她怎么能停学呢？她是我教过的最有悟性，也最有前途的学生呀！”

我的心在颤，眼湿润。一个普普通通的教师，脚还残，这么远走来，就为不愿失去一个他赏识的学生，而

我攒了十元钱，都是五分一角的硬币、零钞，装在铅笔盒里，每晚偷偷摊出来数。其实，总数在我脑里清清楚楚，分毫不差，但数钱的欢愉，恐怕只有葛朗台类的财迷方能体会。

他不愿失去的这个学生，正是我傲强的四妹。也许，四妹在放弃自己对未来的憧憬，做出选择的最后一瞬，她动摇过，抱怨过。但她毕竟最后作出了牺牲，而我没有。相形之下，我是多么虚伪。

沿山宽阔的大道，高高在上，蜿蜒去崇山峻岭。坡脚一条坑凹的旧时公路，一辆负重的农用车，吃力地在颠行，就像当年送父亲的灵车。它，怎么不行坦途呢？

人世间的事，真难究明。

自四妹停学后，我与她就成了这两股道上跑的车。只是照世人看来，我行的是春风得意的阳关道，而四妹过的却是日见艰窘的独木桥。

我越走运，四妹对我就越冷漠。我的幸运，正是她的悲哀，我的得志恰是她的失意。她少年时代人品、学识都高于我。她本不该是这样地生活，可而今，她又没法不是这样地生活。

她承认我是时代的幸运者，但她不知、也不屑知的是：我的幸运，多得力于我与人与鬼的圆融，随机应变的灵巧。有人说：人间天堂，更偏爱于奸诈的人。我不知这是不是人生真谛，但有一点可以肯定，21世纪，一定不属于中庸憨厚的人。时代卑劣的伪君子多了，可时代又越发溢光流彩了。今胜昔的兴旺，说明了什么？

也许，她对我的冷淡，更多源于我没笃守先父的遗教，我补偿或者说资助她的钱财，她正眼不瞧，就像怕沾盗贼来历不明的赃物。

四妹，我真想对你说：你太本分了，你难道不闻，还是佯装不知，你画地为牢以外的人情世故已经天地翻覆。你辛勤饲鸟，奉公守法卖鸟，能攒钱吗？苛捐杂税的摊派，你受得了吗？把别人兜里的钱，巧取在自己兜里，这才叫有术。不要笑我，时代变革的土壤，就是产生骗子的土壤，像父亲那样憨厚，情愿上当受骗的人太多了。

四妹，你那么聪明，就是错过了前村，也能赶上后店的，你怎么就这样糊涂下去了呢？我是你瞧不上眼的梁家败类，可你为什么就不反省，你不是太痴太傻了吗？你牢记谨守父亲的遗训，那万古不变的孝顺，害苦的是你自己呀！

不错，我是父亲的逆子，与你，与他，都在水火不容的两极，但在当今的社会上，我正是梁家的骄傲。有钱，就有脸，无钱就无脸，我懂得商品社会这个简单的道理。

轿车驰过县城，拐进乡区碎石小道，停在村边地坝，已是暮色苍茫，对面传唤起的吆喝声，应山应水，那是迎我来的。我就像进京赶考，金榜题名归来的状元。四妹，你一点没说错，族人该来的都来了，杀鸡宰兔，摆酒设席，就连上辈中唯一病在的四妈，父亲的四嫂，也

有人说：人间天堂，更**偏爱**于奸诈的人。我不知这是不是人生**真谛**，但有一点可以肯定，21世纪，一定不属于中庸憨厚的人。时代**卑劣**的伪君子多了，可时代又越发**溢光流彩**了。今胜昔的**兴旺**，说明了什么？

从床上爬起来，抢着问我："你现在有多少钱了，有没有乡里开砖厂的张三娃富？"

他们怎么不迎你问你呢？二十年前，你不正是他们心中最尽孝道的淑女？而那时，我只配看他们的白眼。可现在你看，连四妈这样行将就木的老人，都那么势利，四妹啊，这世道，早就变了。

是夜，皓月当空，天蓝风凉，我躲着醉酒猜拳的族人，悄悄溜去屋后竹林里父亲的墓前。如洗的月光见证，我的鞠躬、磕头，都是虔诚、恭敬的；为我富庶中不变，也是为四妹——你，清苦中守道的那片孝心。

父亲，我来了，你不会骂我吧？你生前就没骂过我。我不忠不孝，可我还是你的儿子。我有了挥之不尽的钱财，可我还是不敢放肆地花天酒地，因为我是你，一个本无半点奢求，淡泊了一生的穷人的儿子。我违背了你的遗教，没有清清白白地做人，可这也是时代所迫。如果你能再睁开睡眼，面对这几家欢乐几家愁的现实，你那古训的琴弦，也许会变奏出时代的颤音。这是我内心的祈望。

父亲，你生气了，这骤拂的夜风，是不是你的愠怒？我还给你送来了纯毛毛衣，这飘燃的打火机绿焰，怎么点不着呢？坟头茅草簌簌的摇音，是不是你在叹息？

父亲，我懂了，你克俭了一生，当年，桌上掉一粒饭，你都要捡食，我不该用我的挥霍来玷污你。

父亲，我来了，却什么也不能说，什么也不能做。

我只愿你的在天之灵，保佑四妹，她才四十岁，她的人生太艰辛了。我不希望她像我，但也不希望她像你一样走完她的人生。

父亲，你听见了吗？

发表于《四川文学》1999 年 10 期

你辛勤饲鸟，奉公守法卖鸟，能攒钱吗？苛捐杂税的摊派，你受得了吗？把别人兜里的钱，巧取在自己兜里，这才叫有术。不要笑我，时代变革的土壤，就是产生骗子的土壤，像父亲那样憨厚，情愿上当受骗的人太多了。

# 朝　鲜　行

听说丹东边境开禁，允许游人去朝鲜观光了，我打算约几个朋友前往，竟没有一个愿去。他们不是惊愕，就是嘲笑，好像玩过头的我，要哄他们去原始森林的神农架或母系社会的泸沽湖。

## 一

我一人去了，随丹东国旅社去的。

进朝鲜的头天傍晚，我独自无聊，闲逛去鸭绿江畔。

冻过桐花的春风，从暮色的江面拂来，带有几分寒意。浸在江心的冷月，扬起苍白的清光，把对岸滩头抹得霜影灰茫。若不问路人，我怎么也不敢相信，江的对岸，早早睡去的，是一座朝鲜的省城——新义洲。那万籁俱寂的一片，多么像我儿时生活过的故乡；那遥闪的几处灯光，多么像我儿时在夜间扑捉过的萤火。

而这时，我身后的丹东，夜市才刚刚开始。华灯初上的滨江大道，光束衔接的车流，长如火龙；霓光闪烁的高楼，恍若白昼；大街上、商铺里，人影络绎……就连滨江水面倒映的都是一片灯红酒绿。

夜幕中的鸭绿江大桥，已经看不见当年被美国飞机拦腰炸断的空缺，只是桥的一头灯火辉煌，另一头清光寒色。

我一扫去年在巴黎，惊羡过塞纳河夜景的自卑，反为毗邻忧叹：这花花绿绿的半江艳火，莫非真的就煽不起对岸黑影中人的奢望？这高挂的皎月，难道真的就能把对岸中人的情思，过滤得像月色那般静谧……

几声尖厉的叫骂，惊我蓦然回首。两个青皮酒鬼，正在附近拖扯一个哭叫的艳女。那恶煞的气势，吓得我仓皇逃离。

来到一个平台，见平台的里边有个中年男子正在搬动长炮筒似的望远镜。这么晚了，还有人心境似我，要欣赏那片凄清的夜色。我走拢好奇地问：“对面一片黑暗，能看见什么？”

“朝鲜。”他答得冷如晚风。

是的，暗影的那边，正是朝鲜。

他抬头审视过我，反问：“你不也是从那片黑暗中走过来的？”

他问得极妙。我们的昨天，不正是对岸人的今天。而那时，我们不也过得很充实，不也鄙夷过西方人的醉生梦死。每个人，都有自己生存的空间，都能按自己的

我们的昨天，不正是对岸人的今天。而那时，我们不也过得很充实，不也鄙夷过西方人的醉生梦死。每个人，都有自己生存的空间，都能按自己的生活方式，寻求到生活的欢愉，而这种欢愉的志趣，往往又是截然相反的。

生活方式，寻求到生活的欢愉，而这种欢愉的志趣，往往又是截然相反的。

望着肩扛望远镜远逝的背影，我骤然忆起清代的一幅趣联。左边是出家人写的：

观山景，望天涯，闲烧香，静炖茶，青草蒲团多潇洒，休与俗人夸，俗人听了要出家。

右边是在家人写的：

妻穿红，妾着绿，朝饮酒，暮食肉（如），红罗帐底多快活，莫给和尚说，和尚听了要还俗。

远离红尘的苦行僧，雅好的野鹤禅趣，不是花天酒地中的我，能感悟的。对岸中人，当然也该有他们生活的清欢。至少，他们同志间的关系，不在“血与火”中。夫妻间也不会出现我们与西方最先接轨的离婚率。青年一代，怕也很难见到适才让我惊心的那一幕。说不定他们还在为改革动荡中的我们忧叹呢。

鸭绿江大桥，在那一边的人看来，或许，你还是断了的好？

## 二

我对朝鲜的印象，始于少年时代看过他们的两部电

作者 1997 年于朝鲜金日成故居

影。看《卖花姑娘》，我哭了，哭得很伤心；看《鲜花盛开的村庄》，我笑了，笑得很甜蜜。不管它现在如何，那总是让我哭过笑过的地方。可一踏上那片土地，我就木然了，晃在眼前的全是一张张清癯的脸，黑里泛黄，黄无光泽。上车来的边检员，每人胸前别一枚国旗镶凸金日成头像的徽章，神色之肃然，对同教异徒的我们也不放松。无绳手机，绝对禁携，在他们眼里那仿佛就是可怕的发报机。我手提箱里的一本散文集，也被收缴，他们生怕漏放的是一枚精神炸弹。

迎候我们的朴导游，一点不像我在其他国家见过的导游，与游人见面就熟。她很腼腆，上车与我们客套几句，便坐去窗边，尽量回避与游人交谈，几乎成了哑巴。

车出新义洲城，离开了稀牙裂缝的混凝土大街，闪

我们的昨天，不正是对岸人的今天。而那时，我们不也过得很充实，不也鄙夷过西方人的醉生梦死。每个人，都有自己生存的空间，都能按自己的生活方式，寻求到生活的欢愉，而这种欢愉的志趣，往往又是截然相反的。

过了比他们行人衣着还简朴的市容，拐进轮卷黄尘的泥石公路，确实没有值得导游可炫耀的地方。

车窗外，一丘连着一丘，开垦殆尽的坡土，不显点绿；一垅衔接一垅，冬眠未醒的田野，渴唇裂嘴。四处不见丛林、花木，也不见湖泊、池塘，连猪狗家畜的影儿也没有。

时下正是四月阳春，正是山野披绿、繁花似绵的季节，可我竟见不到一株向往的金达莱。莫非春风不度三千里江山？

浅丘边、沟壑里，那一间间石垒木架的平板房，低矮、单薄得就像“汤姆叔叔的小木屋”。远远望去，不就似《卖花姑娘》当年拍摄的背景？而今，何以还比比皆是？

田埂上的农夫，一个个懒洋洋、昏沉沉，面露出在大漠世界里跋涉的焦虑。他们好像正在经历我们经历过的伐木炼钢后的大饥荒。他们早年电影里“鲜花盛开的村庄”到哪里去了？

我们的车一路颠响，黄尘一路飞扬，无空调的闷热车厢里，突闻惊呼，是有人看见水了。那是清川江的春水，在炎阳焦土的映衬中，显得格外冷绿，给人以清凉，而给我的却是眼热。抗美援朝，我们有多少英雄儿女强渡此江，长眠于此。而今，这片血染的疆土，何以告慰他们的天灵。

车厢里开始有了话音，自问自答的是：公路上怎么不见汽车？一直伴随公路的铁轨，也不见火车。路道边，扬尘里，尽是背包顶袋的行人，穿军装的不少，连断流的河滩里挖淤泥的民工，也一身戎装。这样的散兵游勇，去面对“爱国者”，无疑于当年我们自抹花脸，装神扮鬼，赶死去八国联军枪炮下的义和团。

我见到的第一辆汽车，是大鼻子的“解放牌”货车，“雷锋叔叔”当年开过的，后厢里扎满了人，还有人不断地在卷尘里追爬。

我见到的唯一一列火车，只有四节车厢，短杵杵地在锈蚀的铁轨上曲扭，就像斩去腰尾，痛苦挣扎的蛇头。

车上发的午餐，比不上国内打工仔的盒饭。

途中小解，更是新鲜。车停在两丘夹道间，朴导游说声男左女右，就各自散开。枯枝败叶的荒坡，一眼窥穿。男的倒省事，站在车厢左边就开始哗啦啦。女的就费劲了，要翻过丘顶。

车拢平壤，已是黄昏。200 公里的山路花了 10 小时，沿途多亏还没有误时的加油站、收费站。

我们住进城边的青年宾馆，据说是 1989 年接待过世界青运会的一流宾馆。进房间，没空调，我在衣橱里找到了电风扇。进盥洗间，也无热水，吃晚饭我问朴导游，才知道热水也按时供应，每晚 8 至 10 点。分发给我们的晚餐，只够填肚，在餐厅里吃着就停电，一连停了好几

晨曦抹红窗台，我醒来推窗，惊得目瞪口呆，仿佛平壤在一夜间变了戏法。一条透蓝的翡翠河带绕去城边，一大片一大片披霞的丛林环抱着散落的高楼，林间一方块一方块如茵的草坪，盛开着红的花，黄的花，白的花，团团怒放。

次，大家手上动作习惯了，都还不至于把盒里的饭送进鼻里。从二楼餐厅回住房，连朴导游都不进他们的电梯，带着游客摸黑爬楼。20层楼的摸爬，可不是健身。

回房间，我刚脱衣冲澡，亮过的灯又熄了。漆黑中的喷头，冒出的热水没有尿热，水丝不及尿挺，洗得我浑身发颤，穿衣就去寻感冒药。

楼层的甬道，一片漆黑。若不是朴导游精明，此时关在电梯里，只有叫天。

窗边渐渐透来了幽光，那是月色星光。星月下，仍是一片黑暗。远处能见的高楼，密麻窗口闪烁的黄光，星星点点，像阴森的鬼窟。眼底，偶尔驶过的汽车，来去的光束，把街道两旁的树冠晃得似魂影。

这就是平壤？这就是主体思想光耀了半个多世纪的一国之都？不是亲眼所见，就是上帝告诉我，我也不会相信。

三

晨曦抹红窗台，我醒来推窗，惊得目瞪口呆，仿佛平壤在一夜间变了戏法。一条透蓝的翡翠河带绕去城边，一大片一大片披霞的丛林环抱着散落的高楼，林间一方块一方块如茵的草坪，盛开着红的花，黄的花，白的花，团团怒放。

太阳升起的平壤，名不虚传，果真是一座花园城市。

你若偏爱于它，最好白天看了就走，千万别在这里过夜。

吃过稀饭馒头，登上新换的德国奔驰大巴车，我们入城观光。上车有人就问：“昨晚怎么四处没灯呢？”

哑巴导游突然变伶俐了：“我们不是没灯，是没电。”

没电的灯，还是灯，游人反被说糊涂了。

“你们首都晚上都没电？”有人又问。

她显然不悦了：“你该去问美帝国主义。”

这话我听来刺耳又熟悉。从她愤怒的声色中，我记起朝鲜有座核电站被美国干涉关闭。她大约痛恨的是那件事。

这时，我才发现，朴导游并非哑女，她就像灵鸟归巢，如数家珍地向我们夸耀起窗外闪过的他们的博物馆、青少年艺术宫、亚运体育场，还有未竣工的105层的流金大厦。

“为什么要建105层？”车厢里总有游人爱提问。那基宏顶尖，金字塔似的怪模样，实在不该耸那么高。朴导游笑而不语。朝鲜导游不回答游人提问是常事。但我心

当你身陷200米左右深的光复地铁站，你会为他们浩大的工程惊叹，同时也会为他们不必要的耗资心酸。我真不明白，要以解放全人类为己任的人，为什么都怕挨打，我们不也曾深挖洞广积粮吗？其实，只要你不想打仗，世上只有疯子才缠着你打。超级大国更怕卡扎菲这类的疯子。

里明白，纽约著名的“摩天大楼”是104层，要超过美帝，还有不高它一层的。

从复兴大街到胜利广场，从光复地铁站到战胜纪念馆，从街名、地名，我都嗅到一股硝烟未散的火药味。

当你身陷200米左右深的光复地铁站，你会为他们浩大的工程惊叹，同时也会为他们不必要的耗资心酸。我真不明白，要以解放全人类为己任的人，为什么都怕挨打，我们不也曾深挖洞广积粮吗？其实，只要你不想打仗，世上只有疯子才缠着你打。超级大国更怕卡扎菲这类的疯子。

当你走进胜利广场，看见一队队童稚的红领巾，面对一尊尊逼真的战神雕像，肃穆敬礼的时候；当你迈进战胜纪念馆，看见一群群青少年，面对厅堂里一件件英雄的遗物、遗书、遗照，肃然起敬的时候，你会觉得，这又是一个靖国神社。在这样的氛围里，渲染爱与恨、善与恶，无疑会煽起无数有血性的男儿，为天下少女不再卖花，去血染疆场。

我去过日本广岛纪念馆，它的规模不及战胜纪念馆，那里再现的原子弹爆炸的恐怖场面，是没见过的人难以想象的。我问陪同的日本朋友，你们保留这些，是不是要让后人记住对美国人的仇恨。他说：“不是，目的是要让后人牢记，历史的悲剧不能重演。”

当我直问：“那场战争是你们发动的呀。”

他也直答：“我们当时把天皇奉为了神明，神叫我们干啥，我们就干啥，凡是现在还有神的地方，都是可怕的。”

两国纪念馆，昭示给后人的目的不尽相同，究竟孰是孰非呢？

近百年来，我们都有被列强血洗的痛史。人类历史，本身就是从野蛮趋向文明。如果昨天的野蛮人，他们的子孙今天已经文明、已经反省，我们是否也该多一点宽容，多一些落后就该挨打的反思，而不应把仇恨的种子，广播在纪念馆或教科书里，灌输给无邪的下一代。冤冤相报，何时能了。

## 四

登上万景山，能观万景。这是朴导游说的。

我们在山脚下，参观过两间韶山冲似的茅草房，听过朴导游满嘴的革命、不朽、辉煌，这些我们疯狂年代常挂的口头禅，终于要登山观景了。

抬眼仰望，这满坡披霞、墨绿闪亮的松柏，不知是物遂人意，都喜欢簇拥来“红太阳”升起的地方，还是荒秃的四郡八县，朝贡来的“生辰纲”。

曲折的山道，掩映在苍翠的浓荫里。道面很洁，水洗过的；行在其间很静，只闻松涛轻啸，啼鸟啁啾。夹道两旁，丛丛怒放的金达莱，粉红鲜艳，诱人爱抚。有人在说：“这地方真洁，真美。”

当你迈进战胜纪念馆，看见一群群青少年，面对厅堂里一件件英雄的遗物、遗书、遗照，肃然起敬的时候，你会觉得，这又是一个靖国神社。在这样的氛围里，渲染爱与恨、善与恶，无疑会煽起无数有血性的男儿，为天下少女不再卖花，去血染疆场。

龙脉灵地，有不洁不美的吗？你只要到过韶山冲、溪口，就不会大惊小怪了。成龙的人，谁不把自己为蛇的旧穴葺缮，让崇拜者来此瞻仰，顿悟“天意”。

登上山顶，凭栏远眺，并不见万景。

蓝天下的远山，横断在宽阔泛波的大同江里。山脊间，几根火柴棍粗的烟囱，袅出的黑丝，像邋遢女人，在云白的脸上，随意乱描的眼线。泊在江心的两只驳船，伸展着铁臂，像在水面打捞跃金的辉点。倒是近处，秀色可餐的小岛，颇引人注目。

朴导游说：那是鹤岛，是少年金日成向他的同伴们传播革命真理的“橘子洲头”。我本不信什么少年英雄、天生领袖的神话。“同学少年”之间，谁会服谁，谁没有过“指点江山”的诳语，谁没有过心比天高的壮志。只是后来有人“成者为王”，先前的“同学少年”唯恐叨光不及，还有不把早年群体智慧附丽给他的？先知先觉的天才，是不是就是这样杜撰出来的？我把想法悄悄告诉朴导游，她大惊失色，仿佛我成了出卖耶稣的犹大。她那么执迷神的传说，或许她是幸福的，我反是庸人自扰了。转车去万寿山，我还在杞人忧天。

近似于我们中山陵的万寿山，一排宽长的石梯，在苍松翠柏的夹护中，通向高高在上的平台。平台的中央有尊挥展巨手的高大铜像。入乡随俗，身为外国人的我们，来此也得爬坡上坎，去给铜像鞠躬、献花。

人类历史，本身就是从野蛮趋向文明。如果昨天的野蛮人，他们的子孙今天已经文明、已经反省，我们是否也该多一点宽容，多一些落后就该挨打的反思，而不应把仇恨的种子，广播在纪念馆或教科书里，灌输给无邪的下一代。冤冤相报，何时能了。

宽阔的平坝上，手捧鲜花的人流，肃穆成队。我看见一位枯瘦的老人，佝着背，几乎是一步一挪地移近光照中的铜像。他的腿在颤，腰还弯得那么深。或许，他是此生最后一次来朝圣了，献过花，又一步一挪地坐去平坝边的石凳，守望在那里，久久喘息。

接着上前的，是背对铜像、等候摄影的青年夫妻。男的一身戎装，女的身着民族长裙。女的偎向军人，流露出无限的眷恋；而那军人却旁若无人，单看他那英气逼人的目光，就不难想象：为了捍卫身后的那尊铜像，他随时可以舍弃一切，义无反顾。

又上前的，是一群小学生。活泼天真的小孩，幼稚的心灵，此刻正在浓染红色、红色、红色。

望着眼前闪过的一景又一景，我心酸得真想大声疾呼：为那久久不愿离去的老人，为那还在献花的夫妻，还有那些不懂事的孩子。

## 五

离开朝鲜的头天夜晚，我鼓足勇气，邀请朴导游在宾馆的大厅里喝茶。她的态度很勉强，在征得她领导的意见后同意了。

大楼里的“鬼灯”又熄了。点燃烛火的大厅，像巴黎圣母院的教堂。

我与她隔桌面坐。她的身影映在墙上，是那么纤细。

她不习惯与异性幽会的拘束，难为了我。我沉默地陪着她喝茶，久望着桌面摇曳的烛光。

谈什么呢？凡是封闭落后的地方，给人的都是神秘，就像内陆的神农架和泸沽湖。这两天，她一口一个他们的住房免费、医疗免费、教育免费，一口一个他们的这样或那样。有时，我真想对她说：你们的这样或那样，在这个世界上，早已不哪样了。可我能说吗？那会伤她的自尊的。但我终于还是开口了："你陪了我们几天，真是辛苦你了。"

她淡然一笑："这是我应该做的。"

我多年没见过这么清纯的笑影了。这几天，她辛劳的报酬，不如国内导游揽一个游客进珠宝店里去宰。她们没有私营商店，索取回扣的事，她也许听也没听说过。我多次出国，都要被导游诓去购物，明知有诈，但也想就此补偿一下导游事事陪笑的辛苦。我约她喝茶也是想借机送她一件小礼品，但见她老是沉默，我只好又说："这两天，你一提到你们敬爱的领袖金日成，怎么只说他的诞生日，不说他的去世日？不瞒你说，我要不是在宾馆里买了本介绍他生平的中文书，我还真以为他活着。"

"他是活着，永远活在我们心里。"她抬头指胸，说得很诚恳，就像我早年说这句话那么真诚。

"你们的人民这样崇敬金日成，我真的不明白，"见四周无人，我又大胆明说，"其实，我们也有过你们这样的盲从，现在想起来是笑话。”

“我们跟你们不一样。”她显然明白了我的话意，拘谨的神情，顿时激昂起来，“我们朝鲜统一之前，是没有国家的，一个没有国家的民族，是什么样的民族，世上只有犹太人清楚。是敬爱的金日成领导我们有了国家，而你们不是。”

我小视了她的学识，她大约受过高等教育。她言及政治所焕发的激情，使我联想起今天在板门店的三八线上，她怒斥美帝分裂他们民族的罪行。他们兄弟之间，近在咫尺的敌视，难道如今她还认为是美国人在作祟？

我试探着问：“你那么恨美国人，你见过美国人吗？”

“难道你们不恨？”她偏头反审起我来。

“恨，以你的观点，比你们还恨，从庚子赔款，到南联盟大使馆被炸。他们太霸气了，现在还在伤我们的民族自尊心。”

“那我们比你们有骨气。”她好像被我的真诚感染，也坦率起来，“我们至今不相信美国人，而你们却不是这样。我们至今不承认美国人支持的台湾，而你们却承认了南朝鲜。”

她说得有些心寒，可我又只能说，“韩国是联合国承认的，我们要参入联合国……”

“请你不要提韩国，好吗？”她正色地打断我，“在朝

我本不信什么少年英雄、天生领袖的神话。『同学少年』之间，谁会服谁，谁没有过『指点江山』的诳语，谁没有过心比天高的壮志。只是后来有人『成者为王』，先前的『同学少年』唯恐叨光不及，还有不把早年群体智慧附丽给他的？

鲜的历史上，从来就没有韩国。”

“那你们南北对话，若统一后该叫什么国号呢？”

“只能叫朝鲜，或者叫高丽，兄弟之间闹分裂，不能忘祖。你们不也在骂吕秀莲忘祖吗？”

我不知她是从哪里得知的我们的消息。大约他们的报上，也在公布我们与台湾的关系，就像我们在报上公布他们南北对话那样。

“你们与台湾的局势那么紧张，能打起来吗？”我们已经变得亲近起来，相互的关切，就像这烛光摇影的大厅，昏昏朦朦，谁能看得清楚。

这时，大厅的门外闯进几个我熟悉的鬼影，飘在头里的在嚷：“这是啥鬼地方，到处关门闭户，黑灯瞎火的，还不如我们的乡场。”

跟在后面的叫得更粗：“老子回家先买个膀来炖。”

她显然听清楚了，有些愧然地对我说：“我们接待你们，已经尽力了。我们连续遭受了五年的干旱。”她几乎是含着热泪给我讲述了灾区的一个老人，端着满碗粒米不见的糠菜，竟然当场回绝了外国考察团送给他的捐款。老人坚信金正日领袖能带领他们渡过难关。

我想象得出她说的那位老人，大约与我在万寿山见过的那位老人相仿，又干又瘦。我由衷地钦佩他。一个民族，不怕贫穷，就怕没有这股穷且益坚的傲骨精神。不吃嗟来之食。这是华夏民族推崇了几千年的美德，而今，它却多见于朝鲜。我还有勇气掏出兜里的小礼品，递过去让她耻笑吗？我心里明白，一个落后的民族，单有这般傲骨，是远远不够的。时代在前进，社会在发展，我多么希望他们南北对话，经济启动后，这难能可贵的民族精神，不要被铜臭污染。她说不会的，如果我再来，我一定还会再见到现在的她。

分手前，我请求她给我哼一段《卖花姑娘》的插曲。朝鲜姑娘是那么温顺，她轻哼起来，在幽光暗影里，是那么忧惋、凄凉，墙上的身影，极像影片中的那个姑娘。

这夜，我沉思了很久。

朝鲜，我会再来的，不会太久。我多么希望我再来的那时，到处见到的都是“鲜花盛开的村庄”，还能在不夜天的闹市中，再见到还是现在的她。

发表于《四川文学》2000 年第 9 期，
原文有改动

朝鲜，我会再来的，不会太久。我多么希望我再来的那时，到处见到的都是『鲜花盛开的村庄』，还能在不夜天的闹市中，再见到还是现在的她。

# 贝加尔湖

## 一

我最早听说贝加尔湖，还是“文革”年间，老师在课堂上讲“珍宝岛”反击战，不知怎么扯到了历史上的西伯利亚，说那里有个世界上最大的淡水湖，很美很美！其实，老师也不知美在哪里！在那不能言美的年代，老师所说的贝加尔湖，给了我最早的美的想象。

许多年来，我都想前往，尤其是那年到了莫斯科，而真正成行，还是2011年，朋友约我。

去的时节，拟在深秋，说的是，那时霜叶最红，天水最蓝，可西伯利亚的寒潮，又让我心悸。于是，把时间提前，我们中秋就去了。

随旅游团乘夜航飞机到达伊尔库茨克，是半夜凌晨，转车去下榻的猎人之家——湖滨山庄，天已大亮。导游要我们上午休息，下午观光。

进房间，睡意全无的我，扔下行李，就出门去。

门外的四周是白桦枫林，比沿途见过的更茂密。一根根挺拔的银白树杆，像玉树蓬满了繁茂的金花。嫩黄的娇叶，在冷风中飘飞、招摇、细语，不像是老绿褪色，倒像是秋来新发，充满了向荣的生机。

沟壑的对面，远处的群峰，能见的蓝天下，一望无际的，似绿叶凋尽、硕果累累熟透了的橘林，是一座座相聚而来的金山。

如此富贵的秋景，博大得就像是我一人的世界。

我顺着一条金黄的林道走去。柔软的地毯，金色通幽；透出蓝天的穹顶，金碧高远。人行其间，就像走进了大自然的宫殿。

一阵冷风掠过，飞卷的枫叶随着风的旋律，上下狂舞，我就像沐浴在群蝶的追逐中，接受天堂的洗礼。

记得老师那时还说过，这里有取之不尽的宝藏。可老师那时不会想到，而今这里真正成为人类宝藏的是水，是这深似海、清如潭，取之不尽，足够人类存活一个世纪的淡水。几百年前，谁要把水看成宝，那他必定是疯子。

林道的尽头，豁然开朗的一片远绿，就是蓝天下的贝加尔湖。

枫林覆盖的山峦，沿着湖边蜿蜒远去，浓缩到天边，宛如一绺早现的晨曦。

明亮的净空，缓来的气流，那是风的动影。

几只白鹤在湖滨的上空低翔，贴着水面，去了又来，久久徘徊，像在探索水面弄影的金山，又像在追恋滑去水面的雪影。

轻纱般透明的朝气，在湖面淡淡扬起，在晨风中忽悠，在光亮中散去。

第一束霞光闪现，湖心牵起一条迎我而来的彩带，光波在水中跳跃，慢慢向泛蓝的湖面浸染。当天际下托起日出的山坳，瞬间变红，枫林红得透亮；当朝阳冉冉升起，金灿的群山与耀金的水面连成一片的时候，大地与天空仿佛一起在燃烧。

这就是贝加尔湖的早晨，是我见过的最原生态的早晨。

记得老师那时还说过，这里有取之不尽的宝藏。可老师那时不会想到，而今这里真正成为人类宝藏的是水，是这深似海、清如潭，取之不尽，足够人类存活一个世纪的淡水。

几百年前，谁要把水看成宝，那他必定是疯子，就连这无边无际的森林，当年也只配流放者光顾。苏武牧羊、被逐放的俄国十二月党人都来到过这里。这片无人践踏、无人开垦的黑土地，自我封闭，反倒成了人类的稀缺。

听说这泱泱大湖里的天然纯净水，而今卖给西欧的现价，已经超过了中东地底的石油。红松木在世上早已视为珍贵，而这里像白桦林一样满目皆是。

大自然对自以为有职责保护它们的人类，真是在讽刺！什么是自然保护？原生态的自然，人不去践踏，就是最好的保护。

美国为什么有那么多的自然资源，封闭起来不开发？

普京为什么敢与世上任何强国较劲？那是因为他们有西伯利亚封闭起来，保护得很完好的自然资源。哪像我们，沙尘暴已逼进京城，北方城市缺水正在沉陷，莫说跟别人较劲，就是自己子孙后代的生存恐怕都成问题。

归途中，我在透进霞光的林间，发现了一块悬吊的长方形木板——大约是给露宿的游人摇睡的秋千。我好奇地睡躺上去，合眼轻荡。拂面的落叶，萧萧而下，细雨般清凉。

须臾间，鹿角号声响起，穿林的呜呜从住所的那边传来。日出狩猎的传统联络信号，而今变成了宾馆里叫醒游客的晨钟。

林间有了叽喳的人声，还有踏响落叶的脚步声。当我被身边的笑声惊开双眼，看见的是两个俄罗斯姑娘，

美国为什么有那么多的自然资源，封闭起来不开发？普京为什么敢与世上任何强国较劲？那是因为他们有西伯利亚封闭起来，保护得很完好的自然资源。哪像我们，沙尘暴已逼进京城，北方城市缺水正在沉陷，莫说跟别人较劲，就是自己子孙后代的生存恐怕都成问题。

头戴白边翻翘的蓝帽，身着海魂衫，手扬双管假短枪，嬉笑中向语言不通的我比画。装扮“海盗”的她俩也是游客，但在她们的土地上，我还只得起身谦让。可她俩连起码的回谢都嫌多余，就交替匍匐在晃荡的吊板上，各自展示出耀武的英姿，还不时地把枪口朝向我，相互摄影。她们那妩媚中张扬的霸道，娇羞中流露的野性，都再现出她们先辈的铁血。

二

这天下午，我们来到了安加拉河畔，贝加尔湖唯一的出水处。

清蓝的河水，从我们脚下流过，方向不去邻近的大兴安岭，像害怕我们折腾似的，去了无人问津的北冰洋。上帝都在嫌弃我们，所以我们从来不相信上帝。

兼职导游基马——一个牙科医生，在堤岸上用流利的中文给我们讲述贝加尔湖的古老神话，给我们讲述贝加尔湖的历史。他待我们的真诚，就像我们的朋友。我甚至怀疑金发蓝眼的他，天生就有我们的血脉。同伴们有问，他必答。哪怕是最不好回答的那段混沌历史，早年老师没给我讲清楚的那段朦胧历史，他也答得很坦然：“这地方最早是中国的，三百五十年前，应该是。”他说得肯定又准确。我敢说，我所有的同胞听了都像我那样两眼发直，如同中枢神经短路。

一个北京来的老奶奶，站在我旁边，喃喃低语："这是我们的，我花钱来看我们的。"她难过得几乎快要掉眼泪，就像自家的田产归属了他人，自己还要去租赁那样心酸："我要知道这是我们的，我根本就不该来。"

什么是爱国教育，站在别国的土地上，目睹原本是属于自己国家的领土，这就是最好的爱国主义教育。谁说我们的民众不爱国？"普天之下，莫非王土"，当年把这片疆土赠送给"友邦"的，绝不是"家奴"。

我们的近代史就有这样滑稽：多次输了外战，赔款多，割地少，而恰恰是在赢得了为数不多的抗战，在欢庆的喜悦声中，为敬鬼神而远之，我们放弃了当年视之为不毛之地的贝加尔湖，放弃了外蒙，还有琉球。《尼布楚条约》，大约是我们近代史上签订的一系列丧权辱国

什么是爱国教育，站在别国的土地上，目睹原本是属于自己国家的领土，这就是最好的爱国主义教育。谁说我们的民众不爱国？『普天之下，莫非王土』，当年把这片疆土赠送给『友邦』的，绝不是『家奴』。

的条约中，最受史家认可的条约了，可恰恰又是这个条约，把这大片人见人爱的疆土，界定给了邻国。

先人的短视、无能，让我们现在才感觉到了资源的匮乏；而我们现在的不争气，失去的又将是我们子孙的未来。

三

伊尔库茨克城中的街边花园，过往行人都能瞻仰到一座铜像。他一身戎装，肩披俄式军大衣，叉腰俯视前方，那深邃的目光，仿佛已经穿越了他在世的时空。

这是谁？有人问。

基马答：俄罗斯的大英雄，高尔察克。

我脑子一下蒙了，转不过弯来。高尔察克，不就是我少年读苏联小说，还有记忆的反叛红色政权的白匪军总司令吗？而今在俄罗斯怎么变成了大英雄！

铜像之下的基座浮雕，是两个执枪对峙、刺刀相交的战士。一个白色军服、一个军服红色。我仔细地端详过他俩麻木对立的形象，不知其意何在，问基马。他说："是两个兄弟在打架。"

十月革命后，苏联经历的那场红色政权保卫战，风卷残云，是何等的伟绩丰功，而今在俄罗斯后人眼里，竟然视同儿戏，就像在回看两个兄弟打架。被打入地狱的高尔察克，反倒置身在上，好似胜利者。这难道就是当下俄罗斯人对苏联那段历史的评价吗？

我困惑地指着花园里边的另一尊铜像，又问：“那边纪念的，是不是打架的另一个兄弟？”

基马说不是。他说：“那也是俄罗斯的英雄。”

花园里边，燃烧着长明灯，还有人在祭拜的那尊雕像，是卫国战争中，西伯利亚红色军团的一位将军。当年莫斯科保卫战，如果没有他率领西伯利亚红色军团及时赶到，那段战争的历史可能会重写。俄罗斯人至今很尊重那段历史。

惊天地的内仗，在这里被淡化得一钱不值；泣鬼神的外战，成为他们衡量人死后或重于泰山或轻于鸿毛的唯一标尺。

有趣的是，基马还告诉我们，当年反叛苏维埃政权与高尔察克齐名的邓尼金，逃亡去巴黎当寓公。当苏德战争开打时，他竟然拒绝了德国提出的合作游说，说出了连纳粹都瞠目的壮语：二十年前，如果你们来帮助我，我会感激你们的。可今天，为了俄罗斯，我只能与苏维埃一起同你们战斗。

这就是俄罗斯的民族情结，国家利益至上。

高尔察克当年兵败伊尔库茨克的结局，比邓尼金悲壮。他被红色政权枪毙，尸沉于贝加尔湖冰窟。这是我知道的。可我不知道的是：他在日俄战争和一战中，曾率队英勇击沉过无数敌舰；更不知道他是世界顶级的航

我们的近代史就有这样滑稽：多次输了外战，赔款多，割地少，而恰恰是在赢得了为数不多的抗战，在欢庆的喜悦声中，为敬鬼神而远之，我们放弃了当年视之为不毛之地的贝加尔湖，放弃了外蒙，还有琉球。

海专家，为俄罗斯征服北冰洋作出过巨大贡献。

胜利者写的历史，毕竟不能长存；失败者被歪曲了的历史，总会正本清源。有些被时代湮没了的人物，就是上帝也没有遗忘。

还是在伊尔库茨克的城里，一个教堂的院内，草坪上竖着两块汉白玉墓碑。碑记的亡人，年龄都不大，不足五十岁。是谁？逝后能安息在这里！

基马告诉我们是十二月党人。同伴们听来大都茫然，不知是哪路神仙。唯有我的朋友从草坪上采来一束黄花，敬献于墓前。

我听说过这批俄国最早的民主斗士。他们是俄罗斯贵族，有的还是皇亲国戚，在俄普战争中几乎都是功臣。就因为他们打败了拿破仑的军队，到西方接受了民主熏陶，回国后反对沙俄专制和农奴制，结党武装造反，失败后又大都被流放到了西伯利亚的贝加尔湖。这里流传着他们妻随夫走，患难与共的许多动人故事，但他们流放后的真实生活，知之者却甚少。

旅游的第三天，我们来到丛林腹地的一个小镇，那是三面枫林环抱，一面向着贝加尔湖的小镇。

镇上没有街市，也不像住过市井人家。长溜的缓坡面只有十来处木质建筑的庭院，其间有教堂、学校、打造铁器的作坊。与其说这里曾经是集市，不如说它更像丛林里的文化中心。

若没有导游带路，谁也不会找来这里；若没有我们的到来，这里不会有人气。小镇已人去楼空，成了游人的参观点。

我们走进一处又一处庭院，只感觉到枫叶飘落的宁静。

庭院马厩里摆放的雪橇、木楼里铺设的花色地毯，与基马给我们讲述的西伯利亚土著人早年牧渔狩猎、酗酒械斗的蒙昧生活相去甚远，那高耸的教堂更像是天外来物。

基马又带我们走进简陋的学校，就一间教室，十来张低矮的桌椅。他手指后排说："小时候，他读书就坐在那里，还说他爷爷的爷爷也在这里上过学。"

二百年前的西伯利亚，冰天雪林，谁会来此传教办学？

我记得小时候看过一部苏联电影《乡村女教师》，讲述的是一位纯情少女，把自己的一生，默默地献给了西伯利亚，献给了基马爷爷的爷爷——那些蒙昧的孩子。可我不知道，在这位天使到来之前，这片文化的荒原早就已经有人开垦了。那就是十二月党人。

基马回指我们走过的一个庭院，告诉我们：那里曾经住过一位将军，很有名的十二月党人。他落户来这里，这里才有了集镇。他在这里建教堂传教，让土著人知道了人世间还有天理；教土著人打铁，制造农具，让土著

可我很难将教室里纸糊的**破窗**、昏暗的油灯，还有墙上那小孩**幼稚**的图画，与一个出没于宫廷的贵夫人相连，更难把将军的**英姿**还原在炉火**燃烧**的铁匠铺里。而这，恰恰又是十二月党人在**生命**的最后岁月里发出的**光和热**。

人过上了农耕生活；他的妻子教土著人识字，让土著人懂得了风怎么会吹，地球怎么会转。

基马不停地竖起大拇指夸他们是好人。

可我很难将教室里纸糊的破窗、昏暗的油灯，还有墙上那小孩幼稚的图画，与一个出没于宫廷的贵夫人相连，更难把将军的英姿还原在炉火燃烧的铁匠铺里。而这，恰恰又是十二月党人在生命的最后岁月里发出的光和热。

或许，当年这里的民众并不知道他们怎么会来到这里，但他们来到这里，耗尽心力所做的启蒙，却得到了当地民众深深的爱戴。

听说小镇每年都要举行一次打铁比赛。朴实的民众，每年就是用这种方式来纪念他们心中的普罗米修斯，就像我们端午节划龙舟纪念屈原大夫那样，世代相传。

我们来到湖边。湖边的空坝上，还燃烧着一炉熊火，一个满脸络腮胡的俄罗斯壮汉正在给游人表演打铁的技艺。他身后墙上记载着今年打铁比赛的人数和排名，一长串，那么醒目。我远远望去，就像是一页民间史册把十二月党人的功勋，铭刻在了那里。

伊尔库茨克，这个远离莫斯科的州府，最容易闹独立的边陲，在苏联解体时，竟然没有脱离俄罗斯，自立为国！不知是十二月党人在这片蛮荒的土壤里，最早播下了俄罗斯文化的种子，还是这片土地上的人们，与十二月党人有剪不断的魂影？

也许，十二月党人，当年自己也没意识到，他们来到这里所做的力所能及的平凡事，对以后的俄罗斯民族有如此大的贡献。十二月党人的后人谁也没能见到这一天，因为苏共执政后已把他们斩尽杀绝，世上早已没有他们的一个后人了。

昨夜下过一场大雪，这里的枫林红了。我的朋友说：那是十二月党人的血染红的。

## 四

还处于封闭状态的奥利红岛，是贝加尔湖最大的湖心岛，要上岛的我们都很兴奋，沿湖奔波了几百公里，谁知到达后，见到的却是另一番景象。

这里没有枫林，也没有油亮的黑土地，细雨灰蒙中的深沟浅壑，岩乌石黑，光秃秃的。到了湖边的野渡码头，才见一处工棚，我们刚下车，滩头就跑来了几条黑狗，团团围着我们的行李箱寻食打转。

雨淋的码头上，风很大，手握的撑伞像要把人牵跑。湖面的卷浪，海潮般飞涌，扑向乱礁，溅起一团团如烟的水雾。我们乘坐的渡船，上去就喝西北风，跟上岛换乘的车一样，都老掉了牙。

上岛的坡面，枯草秋黄，一坡连着一坡，黄崖崖、湿漉漉地起伏向尽头。

伊尔库茨克，这个远离莫斯科的州府，最容易闹独立的边陲，在苏联解体时，竟然没有脱离俄罗斯，自立为国！不知是十二月党人在这片蛮荒的土壤里，最早播下了俄罗斯文化的种子，还是这片土地上的人们，与十二月党人有剪不断的魂影？

车行的泥道，是车自己在草地上碾出来的，一路泥浆飞溅。

泥道上跑的老爷车，浑身都是毛病，不是在沟槽里“打摆子”，就是在爬坡间“哮喘”，或者在顺坡俯冲中“疯癫”，还时常熄火。司机手拿摇柄，要不停地去车前伺候。

到达的村落，是些乱七散八的小木房，据说这还是当年成吉思汗的铁骑扫向欧洲留守的队伍搭建的。一片经久年衰的陈迹。

我们住进的庭院，称得上这里的皇宫，连排的木房里，什么都没有，门外就是世上最大的淡水湖，可房间里还缺水。两个腰粗的铁桶，一个只盛有半桶净水，另一个是空的，是用来接盥洗用过的废水的。

阴风怒号的孤岛之夜，我与朋友一步也走不出去，晚饭后就坐在陋室里，喝着自带壶具煮泡的清茶，闲聊。从上岛的荒凉，扯到当年“棒打狍子瓢舀鱼”的北大荒；从陆游的咏梅，跳到马致远的枯藤老树昏鸦。他突然问我，什么记忆，最耐人寻味？

我说：饥渴中的幻想。我对他说起早年当知青，住在山巅的知青点，比这还破旧的茅屋里。每遇风雨之夜，几个难眠的同龄人就偎在被盖里瞎吹，吹的主题不离女人、美食。那欲求不可得的幻象，那“阅尽人间春色”的梦想，现在不可再有，倒成了美的记忆。

他沉默地想了想，点点头，也给我讲了一件他难忘的小事。“文革”年间，他北大毕业，发配去中苏边界的军垦农场。说起那时的风雪之夜，他最大的奢求就是去地窖里拿一个储藏的好苹果。尽管他常能吃到苹果，可他没法吃到一个好苹果。他遇上了一个农村来的，又左得出奇的排长。他说：这位好心人，每周开一次窖，把坏了的苹果拿出来分，好的留着；好的坏了，又分。结果一窖好苹果，全是烂了吃。他边说边笑，我也跟着在笑。他笑得比我开朗。

次日清晨，我们爬上丘顶看日出，转阴的天色，什么也没看见，只呼吸了一大早的新鲜空气。中午去湖湾的灌木丛中野餐，有人就开始抱怨：这么原始的地方，怎么不开发？

昨天就有人不停地问过基马：这里怎么会没有风景？

苏轼观**西湖**：晴方好、雨亦奇；曹操观**沧海**，看的是气势。时时是美，处处是美，是我们东方古贤超然于物，**脱俗**的心胸对大自然的博爱，是『天人合一』的**大智**。

这泥泞的草地怎么不修公路？这茫茫的湖边怎么不建别墅？基马除了耸肩摊手表示抱歉，就是一脸的苦笑。他能解释什么呢？这片优质的水域除了封闭式的保护，任何开发都是污染。这里的湖风能掀起海浪，把人吹跑，树还能生根吗？这里给人的，就只能是光秃秃的山丘，天荒水茫的一片苍凉。

避风的湖湾，腾起了青烟，斑斓的灌木深处好似有了人家。飘远的青纱，灵动在风中，你感觉不到那是污染。

这时，天色已转晴，若还在雨中，看出去的还是昨日车窗里见过的荒凉，那同伴们的抱怨还会不断。

西方人喜欢晴日观景，他们说阴雨晦色给人以忧郁。人以物喜，心随物换，那人还是万物之主？苏轼观西湖：晴方好、雨亦奇；曹操观沧海，看的是气势。时时是美，处处是美，是我们东方古贤超然于物，脱俗的心胸对大自然的博爱，是“天人合一”的大智。可惜，我们现代人的美感几乎都被西洋人同化了，幸亏，对形而下的物美直觉还在，还能把原生态的绿色食品，视为珍品。昨晚的烧烤牛肉，原汁原味的新鲜，我吃得满口冒油，同行的朋友拍掌取笑，说我来这里是在“打牙祭”。

今天湖边的野餐，更是资格，连干柴烧红的地灶，也是乱石现垒的。敞口的铁桶里湖水煮湖鱼，横生的野趣，就像林中拾柴的同伴唱起的《乌苏里船歌》，尽管湖面不见打渔船。

鱼汤起锅，盛进了木碗。众人品尝的第一口，都在叫绝。

“好烫”，有人抢嘴还在惊叫。人，在这瞬间，返璞归真，回到了大自然。

可他们多喝几口，喝多了，就有了杂音。有人说：“这汤里该放点葱花、胡椒。”

还有人说：“该再加点味精。”

七嘴八舌的添加，人，又在自我追求的享受中，不知不觉地远离了大自然。

唯有我的朋友，这时，倒独有几分仙气。他把柴火烤熟的鲈鱼，摊在石板上，轻撕一层黑乎乎的鱼皮，手拈几丝细白的嫩肉，慢慢送进嘴里。那目无一物的飘然，宛如竹林七贤，逍遥在山野里，融汇在天水间。

我恍然顿悟：天人合一，非我能及；苍凉美也不是人人都能感悟的。没有苦其心志的人生磨炼，没有远离欲望的自我超脱，你回不去大自然，就是回去了，你也感悟不到天地的空灵。

发表于《青年作家》2012年9期

我恍然顿悟：天人合一，非我能及；苍凉美也不是人人都能感悟的。没有苦其心志的人生磨炼，没有远离欲望的自我超脱，你回不去大自然，就是回去了，你也感悟不到天地的空灵。

# 旅欧感叹（二题）

## 直面歧视

我们的祖先，不是把汉文化以外的边陲民族，视为胡虏，就是蛮夷。不管我们承认与否，这种区域歧视的意识，至今，还残留在我们的大脑里。

二十年前，我们这些大城市里的知青，被发配去荒山野岭，已经没有什么值得骄傲的了，可仍以瞧不起县城落户的知青为荣，这不是事实吗？上海阿拉当年的独尊，广东佬儿如今的自傲，不也让我们内陆人产生过或还在产生自卑心理？

国内尚如此，我们又何必过多地去看重西洋人对我们的不敬与非礼呢？

去年秋天，我去西欧旅游，感触颇深。

进巴黎"红磨坊"，把门的洋役，对我们华人旅游团人数的清点，相当精细；仿佛我们天生就会"揩油"。进商场购物，我们就是大把掏钱，也不会赢来他们真诚的礼遇。在他们眼里，我们不过是一群刚刚醒来，只会抓钱的“暴发户”。尤其是在世界著名“性都”阿姆斯特丹。

那天夜晚，导游带我们去逛“红灯区”。

我不是初开洋荤，却仍大开眼界。满河诱人的艳光，夹岸不尽的花楼。那里花不用寻，柳不用问，近在咫尺，就在岸道里边，一间连着一间，光照通明的玻房里。她们似凤、似雉、或似人妖，反正光臂裸乳，浑身只挂一绺连阴毛都掩不尽的遮羞布。你看得脸热心跳，赤裸的她们反倒自如。她们一个个在彩光的艳照中，抚乳噘嘴或扭腰挺胯，那露骨的挑逗，无一不是想把她们最俏的隐货促销给你。那里没有灵与爱，只有肉欲横溢；也不会有种族歧视，因为她们全似商场里琳琅满目的商品，拿钱买货。她们丝毫没有卖身的哀愁、凄怨，唯有的失望是我们的离去。

我敢说，同逛的男性，没有一个，不是把兜里的美金捏出了水，却没有一个敢去问津；几乎都用流连不舍的目光，与那些娇娃惜别。

导游又领我们去一家就近的夜总会。

走进暖烘烘的厅堂，我一看就明白，台上表演的是泰国的“成人秀”，又远不似泰国“成人秀”那般粗俗。观看的大都是高鼻子洋人，有女的，还有情侣相伴的。

我们的祖先，不是把汉文化以外的边陲民族，视为胡虏，就是蛮夷。不管我们承认与否，这种区域歧视的意识，至今，还残留在我们的大脑里。

她们显然不是为好奇而来。她们是在接受男女之间，另一个领域里的艺术熏陶，至少是在仿摹一门学问。

我们迟到，坐去后边，眼看不真切，心却被刺激得火辣辣的。我把导游发的免费饮料卡，递给穿堂应侍的洋光头。

他的叽咕，我不懂。我的手势，他明白。我要过“可乐”，见前排有人离座，便抢步上前。表演离我近了，而我的“可乐”却拿不到手了。口干舌燥的我，久瞧来去伺候高鼻子而无视我存在的洋光头，只好自己伸手。那洋光头惊骇不已，捂盘旋身，瞪我叽哩呱啦地乱叫。

他肯定不懂我的解释，但他肯定识别了我的国籍。他就像见到进大观园的刘佬佬，呵呵讪笑，捂嘴而去。

赔了饮料还遭嘲笑，真他妈的“八格亚鲁”。我直怨刚才自己没甩出这句我懂的洋骂。西洋人看亚洲人，只重有钱的日本人。我天生五短，朋友们常戏称我日本人。

我决心报复，哪怕是“阿 Q”式的。

在法国的凡尔赛宫前，我终于寻到了机会。

来这里观光的人真多。如溪的人流，弯弯曲曲，曲曲弯弯地淌向大门。导游只给我们一个半小时的自由参观时间。我接过他发的门票，二话不说，连走带跑，直奔入口处；到了大门前，又旁若无人地插队进去。我是那么坦然，又是那么无忌。我当然清楚，身后有无数双蓝眼睛在鄙夷我，在无奈地瞪着我。我才不在乎呢。在落后的地方，我文明，我是君子；在他们认为只有他们文明的地方，我再守规矩，也会被视为蒙昧的小人。我就是小人。

金碧辉煌的宫殿里，人满似海，又似寂静的死海。人挨人，人贴人，竟没有掀波的海啸。高鼻子洋人全是不会喧哗的哑巴！他们的神情都倾注在满壁的油画上。不文明的人，在这样的氛围里，自然也会装出文明。肤色不一的游人混流在一起，哪里还能分清文明人与不文明人。大家都是慕名前来的，此宫闻名的本身就是不文明。在这里签订的一战停战的《凡尔赛和约》，本身就是强盗与弱盗的不平等和约。世人只道“宜将胜勇追穷寇”，而倔强的日耳曼民族恰恰又是在此被列强穷追过急，承受不起战败的索赔和国破的耻辱，才为“狂魔”所鼓动，励精图治，变成比强盗还强的强盗，重新发动二战。洋文注解于我是天书，睁眼瞎的我，除了看稀奇，还是稀奇。但有一点，我明白：当皇帝，无论在西方，还是东方，都这么气派，穷奢极侈。故宫没有它辉煌，却远比它庞大。

我听说宫外还有一个幽旷的御花园，有心尽览，便使出多年练就的“挤功”，用胳膊肘探前开路。那些高鼻子、蓝眼睛真懂事，全都礼让，我就像宫中油画里受法国人崇敬的拿破仑，畅行无阻，也许太过得意，不小心踩住了一个洋妞的鞋跟。那洋妞回眸一笑，我还没看清

我当然清楚，身后有无数双蓝眼睛在鄙夷我，在无奈地瞪着我。我才不在乎呢。在落后的地方，我文明，我是君子；在他们认为只有他们文明的地方，我再守规矩，也会被视为蒙昧的小人。我就是小人。

她那张笑脸，就见她张惶起来。她慌忙拉过身后的背包，扣抱胸前，那退让的躲闪，无疑是把我视为贼了。未进巴黎，外籍华人导游就一再叮咛我们：要当心“花都”的贼，尤其是吉卜赛人、黑人。是不是也包括我们黄种人，他没说。他“卖祖”的丑陋还没到这个份。

这时，我恍然大悟，我夸奖的礼让我的洋人，是把我看成了另类，是在对我歧视地惧让。我“阿Q”式的报复，招致的是更可怕的歧视。无奈的我，面对那惊魂未定的洋妞，只能在心里更无奈地叫骂：你们他妈的才是贼，是真正的贼。如果我们的祖先也像你们祖先那样，是江洋大盗，把你们的大不列颠博物馆、卢浮宫，通通抢光，还像你们祖先火烧圆明园那样，一俱焚尽，那么，今天，礼让你们、惧怕你们的君子该是我。

我不敢怨我们祖先讲“礼仪”所遭的不幸，也不会为洋人的歧视而自卑。这天晚餐桌上，同伴们都指责我有伤国体，我却大声抗辩：“现在的文明人，肯定在世上是最先野蛮的。要当君子，必须先学会做小人，学会做贼。我们最大的遗憾是：做贼做迟了，所以才是贼。”我还说：“富贼要脸的时候，也会变成坦荡的君子。”一个文雅女士大不以为然。我便给他们讲了头天发生过的一个真实故事。

还是在荷兰的那天，导游要带同胞去参观一家钻石工厂，名曰购物，实则行斩。这套把戏我在国内玩过。

导游怕我漏底，支我去就近的国艺馆，并说那里面有不少伦勃朗的油画真迹。

我寻到国艺馆的古典建筑前，竟不敢入门。门口有收票的，却无卖票的。我只好手捏荷兰盾，向守门人示意。他把我带进门里去购票。这真是稀奇，洋规矩不是我们人人都懂的。

踏级上二楼，宽敞、明亮的画展大厅，一通连接一通，空荡荡的，杳无人迹。

艺术殿堂的文气，在宁静中熏陶起我。伦勃朗的油画，我似懂非懂，仿佛有种直觉：西方绘画，都是实实在在的力的艺术写真，而不像我们中国绘画，淡抹几笔，给人虚无的空蒙，却要观者去自悟。其实，有本事，就该亮出来，何必让人去瞎猜。国画大师常念的四两拨千斤，是太极神功，我听说过，但从未在竞技台上见过，那大约都是哄小孩的童话。

我站在一幅气势磅礴的风景大画前，惊叹又困惑。我们的国画大师，愈老愈值钱，没有哪位老先生不是富养天年的。而伦勃朗，一代世界级油画大师，愈老愈潦倒。莫非西方人重实，比东方人重名，还要固执？

我突感内急，要跑厕所。“WC”的路标，国内宾馆都有，我顺着箭头拐去，竟不见识别男女图像的标志。一道房门开了，出来两个西洋女郎。我示意自己可否进去，她俩频频点头。原来这里的厕所不分男女，谁先属

此宫闻名的本身就是不文明。在这里签订的一战停战的《凡尔赛和约》，本身就是强盗与弱盗的不平等和约。世人只道『宜将胜勇追穷寇』，而倔强的日耳曼民族恰恰又是在此被列强穷追过急，承受不起战败的索赔和国破的耻辱，才为『狂魔』所鼓动，励精图治。

谁。要是一男一女同时进门，又该如何呢？少见多怪的我还未小解，抬头就见敞气窗的台沿上，一个镶金边的傻瓜相机枕着一个白色皮包，正在朝我招手。不是吹牛，我当时的心，纯净得就像“农夫山泉有点甜”。小解后，我疾步转回画厅，再见到的那两位女郎，就在几丈开外，正全神贯注地沉浸在她们的艺术里。偌大的画厅，仿佛就只有我们三人。柚木地板上橐橐的鞋音，都那么清脆。我走近了，怎么说呢？我会说的英语就只有一句：Thank you（感谢），那是她们此时该对我说的啊！我抬手拍向一个女郎的肩头，同时回指自己胸挂的相机，再朝“WC”那边一扬。

“啊！”两个女郎不约而同地高声尖叫，就像寂静的大厅里发生了劫案。我想，那白色皮包里，定然有她们周游列国的路费和护照。不然，高傲的文明人，怎么会在卑贱的黄种人面前失态。

她们一阵风似的奔去，我继续又浏览起大厅里的油画。一会儿，我的肩头也被轻轻地点了一下，那么温柔，那般细腻，肯定比我刚才出手文明。我回头看见了，是那两位女郎，文明血统的高贵女郎，在向我，蒙昧丑陋的我，真诚地、恭敬地，深深鞠躬。这时，我内心的欢愉，简直比拿了她们的钱物还要畅快。

我昂首迈出大门，顿觉比文明人还要高尚，但很快，又生出了些许的遗憾。刚才，我怎么没开口呢？就是说一句她们不懂的中国话，也不至于让她们去瞎猜我大约是“八格亚鲁”呀！

我讲得动情而自豪，同胞们都说我为国争了光。唯有那位文雅的女士在问：“你当时真的就没有一丝他想？”

“没有，肯定没有。”我答得爽快又自豪，说的全是肺腑之言，“缺钱的人，他就是善人，也会想钱，而我兜里的钱，不会比她们少，我犯不着丢脸。”

已经满足了金钱欲望的人，道德是不是要高尚一些呢？我不敢断言。但有一点可以肯定：要别人不歧视你，你必须比他富有。美国人在异国是不会被人歧视的；财大气粗的人，也是不怕别人歧视的。国家强盛别国不敢小视；个人富有，同样也不怕别人小视。

### 乡村晨记

去西欧旅游的当晚，导游安排我们落宿在维也纳远郊的乡村别墅，我心里怪不是滋味。维也纳的夜景是啥模样？贝多芬、莫扎特演奏扬名的金色大厅在哪里？音乐之都的气氛，我一点没感觉，就来到了这乡下。

四周凹凸黝黑的山影，静悄悄的，鸡犬不闻。寒气笼罩的星点路灯，若明若暗。我走出不远，又回到狭窄的房间。

室内没有电视机，没有沏茶的温水瓶。初识的旅伴，

我回头看见了，是那两位女郎，文明血统的高贵女郎，在向我，蒙昧丑陋的我，真诚地、恭敬地，深深鞠躬。这时，我内心的欢愉，简直比拿了她们的钱物还要畅快。

又互不串门。迷恋夜生活的我，就像借宿在阴戚戚的寒山寺。

躺上床，我似睡非睡，思动的心，怨气直冒，辗转多时，迷糊的脑里缠绵起轻微的飞鸣，起初，我怀疑是幻觉。文明之地，该不会有厌物吧？可去了又来，愈来愈刺耳的鸣响，迫使我起身亮灯。通明的小室，乳白的墙饰，很快映出了一只我熟悉的苍蝇。

它不惊不诧，从墙角绕来，掉头又去。我靸鞋紧随其后，跟到盥洗间，却不见踪影。寻遍了墙边地角，我终于在洁白的盥瓷盆边找到了它。它倒像这里的户主，并不怕外客，我凑得那么近，它仍趴在那里纹丝不动，任我观察。它体大而翼小，透明得近似蝉翼的短翅，掩不住浑圆的裸尾；麻而不亮的蝇头，不像是从肮脏的阴沟里爬出来的。莫非文明土壤里的厌物，也可优化？我好奇地用掌挥扇其上，刺激它了好一会儿，它才闪翼又起。

这下，我睡意全无了，穿衣下楼，步入清光月色里，向远离别墅的一条山坡小道走去。

空气宜人，四周幽静。

熔铜的弯月，灼亮的金星，把遥阔的夜空映得阴蓝阴蓝。我从未在夜里见过这么高远的天空，这么熠亮的星星和月亮。星月下的远山，黑得发钨；清光中的原野，暗得泛白。我小时候在故乡的晒场边，在雨后的霁月下，听纳凉的老人讲过，这样的良宵，能见到起舞的嫦娥。

突然，远处一道光柱向空腾起，那是从霓光成团的不夜城边跃起的。

光柱傲然向上，斜缓攀升，彩虹般绚丽，像夜间发射的卫星拖焰，长长的光带，划向辽阔的阴空，飞而不逝。闪亮的星星，沿着光带的边缘，长溜短蹿，像顽皮的小猴。我暗自惊讶！西方的夜空会耍魔术，连星星都要去掺和？可我一旦发现，那是视线的错觉时，又后悔不已。

若我执迷不悟，顺着刚才的幻象，去太空畅游一番，那该是何等的神奇。我不乏这样的想象，东方人幻神化仙的想象力，远比西方人丰富。去年，我在峨眉山金顶见到佛光，那振臂高呼、欢腾雀跃的万众，谁不认为自己就是那彩虹正中的至尊？可惜，我的分心，没见到光彩的消失。

当我抬头再望，灰蓝的天空，已呈现出一条垂地而起的雪白飘带，长长地牵向天边的尽头。晃眼见去，好似唐僧取经的去途，又像七仙女下凡的来路。

一道光柱原地再起。当我终于弄明那是夜航升空的飞机时，天已渐亮。

我漫步走上丘顶。

小径的里边，是一片幽深的灌木，间或有几棵参天的大树。我心静气爽地行在其间，感觉到了蟋蟀的爬动，第一声鸟鸣，是那么惊心。

我不乏这样的想象，东方人幻神化仙的想象力，远比西方人丰富。去年，我在峨眉山金顶见到佛光，那振臂高呼、欢腾雀跃的万众，谁不认为自己就是那彩虹正中的至尊？可惜，我的分心，没见到光彩的消失。

小径的外边，是缓坡，菁菁的绿草，整齐地垂向沟底。淡淡的朝雾，顺着弯曲的沟谷荡来，荡到拐弯处，又浓聚成团地涌上绿色的沟面，漫向对面山丘一片葱郁暗红的枫林。一会儿，对面的枫林，拱起了一层白里透紫的彩膜。

地绿天蓝，几条已经断裂的白带，还凝滞在碧空，久久不散。

沟面没有晨霭，也不见农舍的炊烟。放眼远眺，一丘连着一丘，草坪中的枫林，枫林中的草坪，纵横交错，生气盎然，简直就是天成的巨幅油画，就连油画中细微处的秋花野卉，送来的暗香，都充满了生机，一点不像我熟悉的秋景：残枝败叶，一片肃杀。

当霞光从丘背耀起，把辽阔的大地映得多姿异彩的时候，我不无嫉妒地对着苍天、对着朝阳，大声斥问：你们何以这么偏心？西方的月比我们的明，天比我们的高，就连苍蝇，也不那么可厌！

回答我的是：沁肺的清风，婉啼的百鸟。还有沟壑对面枫林梢顶倾泻而下，瀑布般飞流的雾潮，那雄壮的气势，宛如晨曦中呼唤世人回归大自然的神曲。

发表于《四川文学》2000年第3期

原文有改动

『再过二十年，我们来相会……』这是当年天真无邪的同学少年，憧憬未来、离别难舍时唱过的流行歌曲。可几十年后的今天，谁会想到，同学重逢，竟是如此的陌生又亲切：发迹的同学，早就把落魄的同窗忘了；而落魄的同窗，还常以在媒体上见到昔日同伴的风光，相告为荣。

# 再 相 逢

高小时的班主任老师张星茹，是啥模样？如今，我实在忆不起了。三十多年过去，她留给我的感觉：是一位过于威严，不苟言笑，很让学生惧怕的师长。老实说，我一点不喜欢她。

今年回渝探母，等候在老家过年，与我尚有往来的高中学友，约我去参加他们初中同学的年会。起初，我并无去意，只是他说起他初中同学，几乎都是我小学同学时，我便有了兴趣。

他们的初中同学会，是一年一次的家庭“转转会”。今年的东家——我们前去的那家，恰好在我小学就读过的校址附近。那是一片黑瓦披连、楼歪阁斜的爿坡。跨世纪的新风，一点没吹散我旧时的记忆。再见的坡面，我只是感觉没有童年时望去的那么高；再上的台阶，也不及儿时爬过的那么陡了。

这是一片工厂家属老区。其外貌，如同它的主人，几十年如一日，只有年衰的变化。

肮脏的窄巷里，门挨门、户贴户，靠崖的过道里边，乱立的水泥洗台，乱放的撮箕破桶，像是从黑洞洞的房门里挤出来的。头顶晾晒的衣裤，横拦竖截，像藏区房顶垂挂的一道道“风马旗”。

走先的学友，刚绕进一个门洞，暗室里马上就爆响掌声，那过分的夸张，显然是对他姗姗来迟的不满。而我的出现，又让故意起哄的他们戛然止笑。他们用陌生的眼光打量我，就如同我用路人的目光扫视过他们。互不相识的沉默，一经学友介绍，两个男子，一胖一瘦，惊喜地上前，拉过我的双手，又是摇晃，又是拍打，好像见到了久别重逢的知己。而此刻，我几乎没有反应。

他们很看重我这位稀客，挪出“上八位”，让我居中，而落座的我，马上就感到了室内气氛的变化，就因陌生的我的出现，他们的说笑声没有了。他们原本该是轻松、活泼、自得其乐的欢聚，就因我的掺和变味了。我多少有些后悔，不该来此搅局。

“再过二十年，我们来相会……”这是当年天真无邪的同学少年，憧憬未来、离别难舍时唱过的流行歌曲。可几十年后的今天，谁会想到，同学重逢，竟是如此的陌生又亲切：发迹的同学，早就把落魄的同窗忘了；而落魄的同窗，还常以在媒体上见到昔日同伴的风光，相告为荣。这真是：少不醒世老来明，天冷地暖似人情。

很快，他们又把我视为了外人，重新恢复了他们先前的吵闹，各自畅谈起那些远逝了的童年趣事。我听来既新鲜又茫然，仿佛自己在其里，又在其外。只是，他们在相互打岔的争吵中，多次提到张星茹老师，我才有了儿时的记忆。

“她还好吗？”我随口心不在焉地问。人都有虚情，与其说这时的我，是在关心童年的老师，不如说我这时，是想岔开胖汉金同学让我喝茶的示意。桌面摆放的茶杯，花色品种不一，每人是不够一个的，我不敢碰。

“她不很好，上月我还去看过她，她病了。”金同学答得很实在，一点没察觉到我的假意。这也难怪，这些年来，我混迹在“血与火”的商海里，常像那桌面胶盘里的水果糖，糖衣裹心，莫说是他，就是奸商，也很难见面窥透。

“你要是能去看看她，她一定很高兴。你过去是她的好学生。”金同学仍不醒世地在说。

“您应该去看看她，我和老金陪您。”瘦子王同学也从旁怂恿，其他同学也跟着帮腔。

这时，我不得不接过瘦子王同学替我剥去糖衣递来的糖果。我犹豫的心，就像嚼进嘴里的苕糖，又黏又腻，横生出一股吞吐不得的怪味。

傍晚，我还是决定去了。

老师还住在一所大学的校园里，我小时去过，那时

可今天，已经跨入了二十一世纪，已经进入了老师预言的『未来』了。他们的希望在哪里？他们的少年壮志，在社会转型期的阵痛中，早已被煎熬得灰头土脸了。他们不再有未来，也看不到希望，他们只能面对不相信眼泪的现实。

去的心态与现在肯定是不一样的。那时她住在校园的小别墅里。她死于“文革”中的丈夫，当时是这所大学里的教授。那时的教授，要比我现在熟识的教授神秘得多。那时的校园里，也没有现在这般浪漫：林道上、球场边，四处都闪现着相依相偎的少年情侣。

顺着一排长长的夹竹桃甬道，我们来到一幢老式旧楼前。楼层走道上的门户都耀着亮光。金同学却指向二楼的一团黑影，对我说：“老师就住那里。”

“好像没人。”怂恿我来的王同学马上想打退堂鼓。他沿途几乎是搀着并不比他年长的我走来的，好像心怀内疚，要找机会与我沟通。他能欠我什么呢？我俩早就不认识了。如果童年的在校生活，我记忆深刻的，就只有那件事。

那是读五年级的一天。我与同学在校园里的水泥台上打乒乓，墙外突然飞来一个乒乓球，这在当时，可是用钱都买不来的财喜。鬼使神差的我，顺手将它“牵”进了兜里。一个比我年幼的小孩找来了，陪我打球的同学十分机灵，指着我只对那小孩说了一句话：他是我们班上的中队主席。就把那哭丧的小同学打发走了。是呀！在“学雷锋”的热潮中，少先队的中队主席，还有贪小便宜的吗？可我万万想不到的是，这位机灵的同学，事后又以同样的理由，去老师那里告发了我。我当时恨透了那叛徒“甫志高”。

“老师在家！”先爬上楼去的金同学，倚栏俯身向楼底的我俩招喊。

我俩上楼了。

老师的旧貌，见面还能依稀辨识，只是，她身披的黑色长棉衣，把微胖的身躯，胀鼓得更加臃肿；她年衰的面容，已经不再有我儿时惧怕过的威严了。

听说是她的学生来看她，她确实很高兴。我们几乎是跟着她的笑声，走进她黯黄的室内的。

与老师很熟的金同学，搀扶着她，坐去靠墙的旧藤椅，不待老师开口，就向她发难，要她猜猜我俩是谁。

老师端详过坐去她对面的我俩，微笑点头。

是老师教过的学生太多？还是她确实老眼昏花了？她琢磨了半晌，也没张口。

“他是王……”金同学怕老师费神，刚想提示，就被她扬手阻止。她还是过去那般固执，不容别人打岔。她斜靠在藤圈椅上，微眯着眼，是在记忆里搜索我们，还是在回味她自己走过的人生旅途？听说老人忆旧，是最幸福的。

“你是……”老师的脸上，刚露笑影，马上就睁眼定神，“王华明，对不对？”她指认得很肯定。见我们点头，便笑出了声：“我对上号了，是不是？”

该轮到我了。

她怎么想不起我了呢？她应该记得住我的呀！我曾

可今天，已经跨入了二十一世纪，已经进入了老师预言的『未来』了。他们的希望在哪里？他们的少年壮志，在社会转型期的阵痛中，早已被煎熬得灰头土脸了。他们不再有未来，也看不到希望，他们只能面对不相信眼泪的现实。

是她班上的中队主席。至少那件事，她是不会忘记的。她曾在课堂上，叫我站起来，当着全班同学的面羞辱我，还撤了我中队主席的职，让我半年在学校里抬不起头。她怎么会忆不起来了呢？她弯曲的手指，不歇地在斑皱的额边摩挲，像是真的忘了。

又是金同学多嘴，大声武气地叫出我的姓名。老师沉思的脸上，没有一丝表情，只从喉头缠绵地“哦”了一声。看来，我想忘的，她也真的忘了。

师生相见竟不相识，就连对老师素无情感的我，也感到了几分悲凉。这时，我脑里骤然浮现出一部苏联电影《乡村女教师》，是读高小时看过的。那影片的结尾，是早年师生的大团聚。白发苍苍的老师，被满天下的“桃李”团团簇拥，张张满怀敬意的笑脸，是献给辛劳了一生的老师的最后回报。我想，那时凡是看过这部电影的师生，无不梦想过这一天，而真的到了这一天，怎么竟然会是这样？

老师望着久违了的学生，关心起王同学的现状。王同学也怪机灵的，只说他读过中专，当过某厂的科长，就是不说他的现在。老师目不转睛地望着他，偏要打破沙锅问到底。

“他现在跟我一样，企业破产，也下岗了。”给我们端茶送水的金同学，信口掀开了王同学羞于启齿的隐痛。

“哦。”老师现过笑影的皱脸，马上又回归木然。

或许，老师此刻也想到了电影《乡村女教师》里那最后出现的动人场景：一个个事业有成的学生，恭敬地走向她，献上的是劳模勋章、科技成果证书，还有庄严的军礼……可我儿时同学中，老师好像没有那样风光的弟子，就是上帝给我们创造一次电影里大团圆的机会，恐怕她自惭形秽的学生，更多的是没有勇气来参加。

三十年前，我的同学不是这样窝囊的呀！那时我们迷信科学家畅谈的二十一世纪，坚信老师所说的我们是“未来的希望”。那时的我们，确像早上八九点钟的太阳，朝气蓬勃，心比天高。

可今天，已经跨入了二十一世纪，已经进入了老师预言的“未来”了。他们的希望在哪里？他们的少年壮志，在社会转型期的阵痛中，早已被煎熬得灰头土脸了。他们不再有未来，也看不到希望，他们只能面对不相信眼泪的现实，这反倒让我欣赏起身边的金同学来。他头脑简单，对生活充满乐观，唯恐老师不知他近日在哪里辉煌，坦荡直言：“我现在是见啥干啥，棒棒军，收破烂，砍砖老壳……哪里能挣饭钱，我就去那里发财。”沉闷的老师也被他逗笑了。

老师怎么不问我呢？凭她的生活阅历，她是不难看出我是有别于他们的。我少年时代养成的好表现的个性，在老师此时的冷落中涌动得特别强烈。我对现实的认知，肯定与他们相左，但肯定比他们充满自信。也许，她不

我说：『我至今仍然很欣赏保尔，尤其敬佩他在逆境中百折不回的精神。』可我又坦白地告诉她：『我做不了保尔，也没想过要在生活中去做保尔，但我身上绝不缺少保尔的精神。我恰是用了保尔的精神，去干了保尔要革命铲除的那一类的事。

会知道，我那近似于自负的自信，大都源于她早年的启发。记得那时，她在课堂上要我们畅谈理想，同学们一个个都举手站起来，有说想当工人的、农民的、军人的，而她对那些羞答说出想当干部、作家的学生，却明显另眼相看。从那时起，我心里就滋生出别样逞强的欲望，将来要超过全班所有同学的欲望，而这不灭的欲望，迄今还在我的血脉里膨胀。

老师不问我，我冷坐在那里，有些傻眼。倘若她问，我会对她说出我童年没敢说出的理想。她没有。她好像有些困倦了，肘杵椅的藤圈，半握的拳背，抵进脸里，微眯的眼，似看非看地瞟着我。当年，她把我叫去办公室，就是用这种神态审视我的。我像竹筒倒豆似的坦白完了，她还用这种目光，那时是透出寒气的目光斜瞟着我。可她现在又在沉思什么呢？是忆起了我，将我的现在与贪小便宜的过去通连了？还是另有所思？我琢磨不透，只听她突然发问：

“你们还读书吗？”她抬眼扫过我，又转向他们。我心里明白，她是在问我了。身边的昔日同窗，现在连糊口都忙不过来，哪还有兴致读书。

“还读。”我答得有几分恭敬了。

“你还读《钢铁是怎样炼成的》吗？还读《烈火金钢》吗？”这些都是她当年鼓励我们读过的“大部头”。可她为什么不问我还读不读《高玉宝》呢？如果她问，我会感激她的。因为我平生读过的第一本书，就是她推荐我读的《高玉宝》。那时我才十一岁。一人躲在教室后坡的树林里，边读边流泪，书中“我要读书”的呐喊，深深撞击过我幼稚的童心。

“你对保尔·柯察金这个人物，现在怎么看？”她直视着我又问。我多少有些儿时的心悸了。善于假话真说的我，这时也没敢对她那双真诚的眼睛撒谎。

我说：“我至今仍然很欣赏保尔，尤其敬佩他在逆境中百折不回的精神。”可我又坦白地告诉她：“我做不了保尔，也没想过要在生活中去做保尔，但我身上绝不缺少保尔的精神。我恰是用了保尔的精神，去干了保尔要革命铲除的那一类的事。”我还说：“我很羡慕保尔与冬妮娅的那段初恋纯情，人在年少时，都是无知可爱的。但人总要成熟，人总是要变的。我从保尔身上更多看到的是他失去的那一面。”

我就像吃错了药，在老师面前胡言乱语起来。老师好像也受了我的邪染，脸上现出了笑容，还夸起我来：“你比过去诚实多了，你能把你所想所做的真诚地说出来，可见，你还是我的好学生。”

老师表扬我了，三十多年过去，老师终于表扬我了。可她哪里会知道，她在表扬一个比三十多年前要坏得多的学生，在她的学生簿上，可以不加考虑地“入另册”的学生。其实，她早就认出我了。可她为什么偏要等到

我说：『我至今仍然很欣赏保尔，尤其敬佩他在逆境中百折不回的精神。』可我又坦白地告诉她：『我做不了保尔，也没想过要在生活中去做保尔，但我身上绝不缺少保尔的精神。我恰是用了保尔的精神，去干了保尔要革命铲除的那一类的事。』

我们告辞，快出门时，才低声对我说：“今天，你能来看我，是我没想到的，我很高兴。”

她又说错了。她没想到的应该是：我今天压根就没打算来看她。我过去不是她的好学生，今天更不可能是。她见到我的是高兴，而留给我的却是惭愧。

在返途的校园里，我回想起今晚的师生相聚，真不知是啥滋味。是惆怅，我的感受没有那么深沉；是欢快，从始至终都没有开怀的笑声；似这冬月的霜寒？或似这林道上洒满月色的苍白？

能怨谁呢？怨月吗？它虽然没有我儿时见过的那么清亮，可它仍还高挂在灰蒙的天空。怨天吗？我不会，他们不敢。面对现实，我只能在心里默默祈愿，愿我儿时所有的同学，她过去的学生，都能抽空去看看她。她仅有孤独的残年了。我们作为她过去的学生，又何必要在乎过去与她的远近，今天我们是干什么的呢？要知道，返回童年，在她的面前，我们个个不都是恭敬的学生吗？

发表于《四川文学》2002年第10期
原文有改动

# 俄罗斯见闻

## 一

莫斯科城郊的宾馆，真是金玉其外，内设却相当简陋：钢架支撑的行军床，比壁柜上显影的黑白电视机还要掉价。我进房间四处找不到拖鞋、毛巾、暖水瓶，连盥洗用的牙膏、牙刷也没有。懒散惯了的我，不知如何洗漱，久呼导游小王，不应；只好麻起胆子，独自上街。

华灯初上的小街，人少车稀；大约是城外的仲秋寒夜，亮灯的商铺都打烊了。过街的尽头，是又深又黑的林道。摇乱树影的夜风，啸起的远近“疯”叶，像惊巢的蝙蝠，上下狂舞。

我不敢远走，只能在宾馆的附近溜转，爬上一排长长的石阶，来到湖边的一个平台。这里远离了小街，没有灯光的夜色忽现眼前。

我刚寻来的一方净土，又让不净给抹去。这世上哪里还会有净土？像我这样花天酒地的人，还配去寻净土？莫斯科郊外的晚上，已不再是我少年神往过的晚上，歌词中那月色般浪漫的纯情初恋，恍若柏拉图式的『精神恋爱』，离我们很远很远了。

黑黝成团的密林像山峦，起伏在对岸阴暗的高空，明亮的秋月，映在湖心；弄月的波纹，荧光四闪。沿湖远去的平坝，地面袅起了一层白蒙蒙的轻纱。我手扶清寒的石栏，望着密林那边现出的几个踏云倩影，情不自禁地哼起了《莫斯科郊外的晚上》：“月色多么好，四处静悄悄。多么迷人的晚上……”

一道光影，应声而来，我思静的心，开始躁动。她袅袅婷婷地走来我面前。我躁动的心，越发跳得厉害。她摘去嘴角燃烟，作出挑逗的媚态，还递给我一张纸条。月光下，清晰的日文字母，我看不懂，抬头望着她傻笑。我多么希望，她能给我一个暗示，哪怕是微妙的，那我会懂的。但她没有，她扭头去了。

很快，湖的那边，荡来一阵浪笑。宁静中格外刺耳的笑声，显然是冲我而来的。刚才，她显然是看走了眼，把我误认为日本人而招来了她同伴的嘲笑，或许，回去的她，还在模仿我刚才的傻相，逗她们取乐呢。

牛高马大的她们，怎么会喜欢比我还矮小的倭人？她们既然把自己沦为了商品，还有资格去小视买主的国籍？这……我恨不得沿着湖滨冲过去，叉腰站在她们面前，甩钱怒吼：老子兜里也有钱，但我不是日本人，你们看清楚点，老子有钱，但永远不想做日本人！

我刚寻来的一方净土，又让不净给抹去。这世上哪里还会有净土？像我这样花天酒地的人，还配去寻净土？

莫斯科郊外的晚上，已不再是我少年神往过的晚上，歌词中那月色般浪漫的纯情初恋，恍若柏拉图式的“精神恋爱”，离我们很远很远了。而这时，抚今追昔，我再哼唱起这首俄罗斯民歌，无疑是自己对自己少年情操的亵渎。

## 二

在宾馆里用早餐，我这才弄明白，这里的黑面包比白面包精贵。许多年前，我们自己饿瘪了肚皮，还在嘲笑他们成天吃黑面包。现在想来，那时的我们对他们确实无知。无知的嘲笑，竟成了对他们的夸奖。

中俄两国，近代史上有过太多的说不清的恩怨，意识形态里也有过太多的割不断的渊源。“楼上楼下，电灯电话”，是他们输入我们幼小心灵里的理想社会。我们至今挣脱不去的经济羁绊，也是照搬他们的。就连我们坐车进莫斯科城观光，沿途见到的水泥电杆、高压线塔架、立交的公路涵洞，形状都与我们国内的相仿。难怪车上有人大发感叹，说他们的跟我们的一个样。其实，他们说反了，是我们的跟他们的一个样。他们曾经是我们的老大哥。

车进城里，导游小王开始征求大家的意见，问我们是先去红场、商场，还是赌场。我听到的几乎是异口同声：先去赌场。

到红场，已是午后。

克里姆林宫的塔钟敲响了，远没有在电影里听过的那么悠扬；也不及教堂里响过的福音那么缠绵。我漫步去朱红大门紧闭的克里姆林宫高墙下。近在咫尺的革命心脏，我丝毫感觉不到它在跳动，也丝毫意识不到：戒备森严的高墙里边，比随人进出的外边教堂更神圣。

克里姆林宫前的红场，远没有我向往过的那样宽阔、庄严、宏伟。广场两头的教堂和欧式建筑，把这块神圣过的世界革命心脏挤压得不伦不类。或许是我的观念、情感变了，久立在列宁墓前，望着松柏中陪伴他的一长排著名革命祖宗的铜像，也唤不起崇敬之意、缅怀之情。同来的旅伴，倒少了我这几分多余，他们一个个拉拉扯扯，嘻哈打笑的四处留影；还不时地跺脚击掌，猛喝起广场中央那大片咕叫觅食的鸽群。

远处的教堂响起了福音，几对穿礼服、披婚纱的情侣，相依相伴着从那边走来，静默在铜像前，深深鞠躬。我吃惊地问身边的导游小王："他们还坚信马列？"

她答得很平淡："他们仅仅是在祈求历史老人对他们新婚的祝福。"

克里姆林宫的塔钟敲响了，远没有在电影里听过的那般悠扬；也不及教堂里响过的福音那么缠绵。我漫步去朱红大门紧闭的克里姆林宫高墙下。近在咫尺的革命心脏，我丝毫感觉不到它在跳动，也丝毫意识不到：戒备森严的高墙里边，比随人进出的外边教堂更神圣。

这时，不知从哪里跑来了几个俄罗斯青年，用生硬的中国话缠住了我："同志，这个。"他们抢递在我手上的，是刚从挎包里掏出来的纪念邮册。

他们确实比昨晚的妓女有眼力，一眼就认出我与他们同样是经商赚钱的"同志"。我翻阅过邮册，见里面全是列宁、斯大林时代的纪念邮票，有心想买，又装出不要的样子与他们砍价，逗得他们团团转。起价喊一百美金的邮册，到我手里只付了一百卢布。暗自心喜的我，马上又怀疑起邮册的真伪来。

卖纪念章的小贩也围上来了，我急忙闪身，去追撵已把我甩队的同胞。

教堂的另一边，在朱可夫骑马扬手的铜像前，等候我的导游小王正在观看俄罗斯人耍把戏。几个青头毛子指定一个描红的圆心，硬说那就是莫斯科城的中心，要围观的游人，学着他们的姿态，背向圆心扔戈比，说的是谁扔得准，谁就有后福。这等劣拙的骗术，还真有人信！我见戈比滚地，那些猴急狗刨的骗子就跟着追撵。有的戈比还在空中划弧，他们就迫不及待地伸手相向。可敬的、高高在上的朱可夫元帅，您见到您如此不争气的后生，不知是何感想？

熙攘的大街对面，一个我熟悉的同胞匆匆跑来，见小王就喊，说那边的同伴正在接受警察的盘查，要她快去。小王生气地对我说：“都是你惹的祸。”我不知祸从何起。她向我要过二百卢布，便匆忙赶去。

我见到的那警察，满脸嬉笑着与小王比画，不像是在找麻烦。小王掏出被盘问的那位同胞的护照，我看得清清楚楚，里面夹藏着罚我的二百卢布。那警察手上动作之快，连护照都没翻，就笑嘻嘻地归还了。没事了，

听说红色风暴**席卷**冬宫，全得力于阿芙乐尔巡洋舰的**炮声**。其实，刚**投诚**的该舰当时只胡乱地放了一炮，临时政权就垮了。**相形**之下，早期的资产阶级在无产阶级面前显得是多么的**虚弱**。

不明就里的我，不知小王为何要向他行贿？也感觉不到这位吃黑钱的警察可恶，虽然他就在红场边上打劫，却始终是笑嘻嘻的。

我们在莫斯科只逛白天，晚上要去圣彼得堡。

我想抽空去中山大学看看，那毕竟是中国革命早期英雄辈出的摇篮。我还想去游览莫斯科的地铁，听说该城的地铁，立体交叉，是可防核大战的世界奇观；还听说斯大林在卫国战争中，检阅出征部队的地点，不在红场，而在莫斯科地铁里的马雅科夫斯基站台。可惜天色渐暗，我只能心存遗憾。

吃过晚饭，我们就去火车站，乘夜车前往圣彼得堡。

## 三

圣彼得堡，就是我们过去熟悉的列宁格勒。它确实是一座别具一格的水城。

闻名的涅瓦河，几十条支流把城里的欧式建筑、宽敞大街，横竖切成无数的块面。城在河边，河在城里；河岸枫林成荫，河里野鹜成群。城里城外大道通连，无数的雕塑、文物古迹，展现其间。

据说，这是以巴黎和威尼斯为蓝本，当年在海滩上，不计数十万囚徒的生死代价建造而成的。它是彼得大帝的丰功伟绩。

历史上的暴君，大都有值得后人称道的人格魅力。

我们走进用白骨堆成的“圣血大教堂”，就像登上了万里长城，已经不在乎始作俑者的残暴了。

冬宫，更是他们帝国时代南征北拓敛财的象征。金碧辉煌的宫里已经还原于旧时，是艺术殿堂兼近代博物馆。其间，最值得俄国人骄傲的是当年拿破仑兵败莫斯科城丢弃的那辆黄金座车。为此，圣彼得堡城中还特地拱起了一座巴黎似的凯旋门。按俄罗斯人的说法，他们的凯旋门，才是真正的凯旋门，因为是他们两次打败了横扫欧洲的霸世枭雄。能打败霸世枭雄的民族，当然是超世民族。俄罗斯人至今不缺的傲慢，大约都源于他们有值得骄傲的祖先，而不像我们的祖先，内战内行、外战外行。

听说红色风暴席卷冬宫，全得力于阿芙乐尔巡洋舰的炮声。其实，刚投诚的该舰当时只胡乱地放了一炮，临时政权就垮了。相形之下，早期的资产阶级在无产阶级面前显得是多么的虚弱。

停泊在海湾的阿芙乐尔巡洋舰，已成为游人参观的文物。我走在舰上，望着多门昂首的舰炮，不知当年是哪一门向冬宫开火的？我抚摸着新漆刷蓝的舰身，还在猜想，当年水兵们开炮的神情。

突然，舷窗里伸出一只手来。一个俄国水兵，做出滑稽的动作，在向发愣的我讨要烟烧。那不可思议的动作，比红场边上行骗的青年，还要来得直接。我递烟过

一个缺乏物质保障，没有民主程序设定，未经民主巡导的国家；一个既不能克制自己，又不懂尊重他人，缺少法制意识的民族，过早的民主，就是灾难。我们上世纪四八年选国大代表，六六年搞『文化革命』，不就是全民民主的尝试？其结果，是我们自己都羞于提起的耻辱。

去，看清了他军帽、军服上的徽章一点不假，这更使我悲哀：曾经打败过拿破仑、希特勒的军人，怎么会在一支香烟面前，如此丢脸！这样的军队还能打仗吗？如果有一天，有人给他的不是一支香烟，他会不会再向冬宫开炮？

我刚走下舰桥，几个臂挂野生动物皮毛的小贩，追撵过来，扭住我贩卖。要不是这时街面热闹起来，我还真难以脱身。

街面来了大群游行队伍。黑压压的队形里，横牵着大幅标语。他们边走边在高呼口号。我跑过去问导游小王：“他们在叫嚷些啥？”她答：“要民主、要吃饭。”

“他们不是已经民主了吗？怎么还有这么多人没饭吃？”我的发问，逗得她直笑。她反问我：“你以为民主就能当饭吃？”

她说对了。民主的含义绝不是我们随口高呼的那么简单。一个缺乏物质保障，没有民主程序设定，未经民主巡导的国家；一个既不能克制自己，又不懂尊重他人，缺少法制意识的民族，过早的民主，就是灾难。我们上世纪四八年选国大代表，六六年搞“文化革命”，不就是全民民主的尝试？其结果，是我们自己都羞于提起的耻辱。

当下，老百姓真正需要的是丰衣足食。至于其他，都在温饱之后，这就是现实。

## 四

我们在圣彼得堡，还参观了该城的二战纪念馆。按俄罗斯人现在的说法，二战真正的转折点，不在斯大林格勒，而在列宁格勒（现在的圣彼得堡）。理由是当年攻无不克的德军，最先在这里受阻。我认为这是苏联解体后，斯大林格勒已划出俄罗斯国境，俄国人不甘荣誉丢失的另一种新说。

纪念馆设在街心花园地面的底层。环形的露天大门上，燃烧着十一盏长明灯，那大约代表的是当年该城经历的十一场恶战。进入不足一千平方米的地厅，我没找到答案。

这里没有导游，空荡荡的展厅，留给我唯一印象的，是玻璃框里摆放的二指宽的粗质面包。据说那是当年兵工厂的工人一天的口粮。我不知这样的纪念馆，要纪念什么？肯定不及冬宫里保存的纪念内容丰富。我也不知，三百七十万人口的城市，曾经被围困三年之久，战后余生不足七十万人的悲壮场面，这纪念馆里是否能包容？一个民族要否定一个领袖，为何要连民族自身那段悲壮的历史也要一起否定？要知道卫国战争的胜利，是俄罗斯民族的胜利，就像我们的抗日战争。

我总觉得当代人评价当代伟人，大都带有割不断的个人情感。斯大林，无论当代俄罗斯人怎样否定他，他在卫国战争的生死关头，表现出的与首都共存亡的气概，怕是很多帝王都不具备的。我们抗战时的南京保卫战，

我总觉得当代人评价当代伟人，大都带有割不断的个人情感。斯大林，无论当代俄罗斯人怎样否定他，他在卫国战争的生死关头，表现出的与首都共存亡的气概，怕是很多帝王都不具备的。

蒋公不也高呼过要与首都共存亡吗？可悲的是，炮火还没打响，他就跑去了重庆。难怪我们差点当亡国奴。

战争纪念馆，至少要让后人从中感受到一种精神——不死的民族精神，凝聚一种力量——国家在生死存亡关头众志成城的民族凝聚力量，这才具有现实意义。如果一个民族能把战时才有的那种精神和力量，用于和平时期的建设，这个国家的经济还有不崛起、不腾飞的吗？

## 五

芬兰湾的夏宫，是一片依山傍海的皇家园林，我们一到，就被那满坡枫林陶醉。夏宫分上下两苑。

上苑是欧式园林，我不喜欢它过浓的人工痕迹，转身离队，顺着红叶蓬起的金色胡同，朝通往下苑的草坪走去。

枫林中的草坪，落满了厚厚的金黄，似林间斑斓的地毯。林梢之上，透出的天，橘黄而湛蓝。啸来的海风，扬起的霜叶，彩蝶般飞舞，天地浑成五彩的世界。金秋的浓艳，这时，我才真正地领略。

严冬来临，枫树的枝头，还抽发出嫩艳的新叶。我好奇地采摘一束带叶的红豆，又向枫林的深处走去。

“你别乱跑，那边是大海。”寻我而来的小王，在丘顶林间闪现，边追边喊。

我已穿过林区，走近了海边。烟波浩渺的碧海与蓝天相连，极目尽处，你分不出天海。

这么辽阔的海域，当年是什么力量推动彼得大帝跨海北进的呢？我们的祖先，为什么只有躲去东瀛，繁衍子孙的历史，而没有跨海挥戈的历史？在汉唐时代，我们该是世上最先进、最强大的民族了。可我们的祖先，为什么没有拿破仑那样的“用刺刀把文明送出去”的霸道理论，在人类历史上也风光几番，让今天来到异国的我们，也能沾上几分炫祖的荣光？可惜，我们没有，这倒让我们坚守了清白：我们从来没作过国际强盗。这也让我们多添了几分礼仪之邦的虚荣。这样的虚荣，延续至今，就连我们现代人经商，也以不离开国门为荣，真是中庸之极。

在汉唐时代，我们该是世上最先进、最强大的民族了。可我们的祖先，为什么没有拿破仑那样的『用刺刀把文明送出去』的霸道理论，在人类历史上也风光几番，让今天来到异国的我们，也能沾上几分炫祖的荣光？

小王生气地跑来，走拢就嚷：“你到处乱跑，这里的警察，可不是雷锋。”

“再罚我二百卢布，不就行了吗？”我逗趣地把手中的红豆送给她，“这是从相思树上摘来的。”

她瞪眼生气道：“你看清楚没有？”

“真的，这是红豆，你看。”

她不算漂亮，却很有灵气，说话也直爽：“红豆生南国，这里是南国还是北国；春来发几枝，时下是春来还是秋去；你都分不清楚了，你还能找到回去的路？”

我望着这片四处相似的枫林，真还得感谢她的到来。

归途的林间，透过叶层的阳光，把她的脸、头发都映得金黄。她就像安徒生童话里的小女孩，可说话的口气却大男人似的：

“你这个人，太野。”她边走边尅我，“生性太野，就像这苑林里的野风、野草。”

“野生趣，野趣横生。有何不好？”我理解她的抱怨，却难以接受她的训斥。

“你当然好，但给别人的感受并不好。我看，做你的上司很难驾驭你，做你的下属很难顺从你，做你的老婆……反正我不会嫁你这样的老公。”

我的妈！她才接触我两天，就像熟知我多年。可我仍心是口非：“何以见得？”

“你爱自然美，这没什么不好。问题是大自然中，天生丽质的美，并不多见。何况四季中的美，又变化无常：春兰、夏荷、秋菊、冬梅，也许你自己都说不清你最喜欢什么。见异思迁、喜新厌旧，这就是你与人很难相处的本色。”

她确实不是一个简单角色。我开始问起她留俄的学校，她说很棒。我又开玩笑地问，我能来此留学吗？她倒很爽快，答应帮我联系学校，还说今天是她的生日，她的很多留学朋友都要来给她祝寿，她可以把这些朋友介绍给我。我很乐意地接受了她的邀请。

在一个很不起眼的街边中国餐馆，我见到的留俄学生，跟国内时髦的新生代并无两样：马尾辫、牛仔裤、几乎是一色的嬉皮打扮。他们来此留学的目的，肯定与早年进中山大学的学生相左。他们来此学啥？学得如何？想了解的我，坐在桌边观察了多时，也无从得知。

酒桌上，小王完全变了模样，大姐大似的颐指气使，不断地强邀她的朋友陪她喝酒，向她祝贺，只是对我，还有给我当导游时的几分客气。他们的酒量，大得惊人，拧盖的伏特加，杵在桌面，就像啤酒瓶，倒进杯里，都是多余。他们喝得脸红筋涨，酒气熏屋，边喝边发牢骚助兴，先从国内的弊端骂起，东骂西骂，骂来骂去，把自己在国外结伙作恶，也笑骂成了炫耀的聪明。

我身旁坐着一个口沫四溅的小子。我举杯敬他，顺便打探他的身世，得知他是山西煤老板之子，便问他来

民国初年那些饱读圣贤书的『遗老』，同样也瞧不起『五四』时期，留学归来的那些成天抨击社会时政的革命青年。殊不知，推动后来社会进程的又恰恰是那些有为的青年。我刚才所见的那些海派后生，在未来的社会中是否会『垮掉』，我不知道。

此学啥，他答：“核物理。”我看他那满嘴“无理”的酒话，倒像是来海外嗨袍哥的[1]。他老子或许不会想到：他用黄金铸造的将是一条国际滚龙。

记得小时候听老人讲过一个笑话，说的是清末有个土财主，硬要不成器的儿子去乡试，那儿子在考场上连题都破不了，只好在卷面画了个砚台，并附诗一首：“小子并无才，老子估倒来，做又做不起，画个大砚台。”

我很失望。莫非，这满桌酒友，就是我们企盼回国的精英？就是我们未来的栋梁？我实在没兴趣与那些自命不凡的海派鬼混，起身向小王告辞，她也不强留，指派一个男士送我回宾馆。

长者小瞧后生，这大约是人的通病，就像我们的上辈当年骂我们是“垮掉的一代”那样！我们垮掉没有？没有。民国初年那些饱读圣贤书的“遗老”，同样也瞧不起“五四”时期，留学归来的那些成天抨击社会时政的青年。殊不知，推动后来社会进程的又恰恰是那些有为的青年。我刚才所见的那些海派后生，在未来的社会中是否会“垮掉”，我不知道。

发表于《四川文学》2002年第4期

原文有改动

---

注：①团伙里逞强的，四川方言。

我真不敢相信，眼前这位不起眼的老人，竟是我心中崇敬已久的稀世英雄。他祥和的皱脸，一点不显当年横扫过狂魔的霸气，一点不像他周围的后生们，个个冷漠自傲，还把没落帝国的荣耀强撑在脸上。

# 莫斯科郊外的老人

去年仲秋，随旅游团到莫斯科，夜宿城郊的奥运村宾馆。

清晨醒来，我沿着宾馆大厦周围的林径散步。

湖滨大厦的对面，是一片白桦林掩映的候车场，那里已经有不少人了。男士大都身着皮衣，脖绕围巾，而女人的装束，还停留在过去的季节里，绒裙下的连裤袜，有的还露出肉色。

身后啸来的冷风，一阵又一阵，摇响眼前的大片枫林，扬起仙女散花似的红叶。漫天飞舞过的红叶，飘落去林边，还在场坝上“沙沙”追逐。

场坝里游动的男女，一个个冷若秋风，散似红叶。他们都在风寒中张望，一见灌木隔离带那边，长厢公交车闪现，便蜂拥相向。一个拄杖的跛足，也跟前相拥，竟无人相让。他好像也习惯了这互不相让的现实。当车开走，他又一步一瘸地拐去林边的候车棚。

我这才发现，在他之先，那无人光顾的凉棚里，早已坐着一个垂眼迷盹的老人了。

那老人，一身灰色西服，胸前挂满了各种勋章、奖章；翻敞的领外，还别着一枚国旗镶凸镰刀斧头的党徽。这么醒目的装束，在车场观察了半晌的我，也没留意。刚坐去他身边的瘸脚，也没瞧上他一眼。

他一动不动地眯盹在那里，就像尊泥塑的现世“古董”。这倒引发了我的好奇。我匆忙赶回宾馆，叫出披头散发的导游小王。她边走，边还对我抱怨：“你可能是碰上疯子了。这样的疯子，我见过。”

小王在俄罗斯留学，她在这里的见识，是我不敢怀疑的。我似乎已经预感到我们走拢就要闹笑话了。

老人还盹在那里。

小王上去与他攀谈，他开口就笑了。

“你们是中国人。”小王译过来的第一句话，让我吃惊。昨晚在宾馆附近，我被妓女视为日本人，而他抬眼就认出我们是中国人。他认出后的表情，也不似昨晚妓女识别我国籍后的轻蔑，而是亲切、喜悦。这让我很是悲哀：唱着“国际歌”，我们在这片“国际歌”唱响的土地上，或许只能找到像他这样行将就木的老同志了。

“我很喜欢你们中国。”老人含笑的眼眶已无光泽，缅怀起过去，仍有几分兴奋，“在斯大林时代，我们是兄弟。我很早就想去你们中国看看。北京、长城，还有长

江……”老人对我们地名山川的熟悉，就像我少年时代熟悉他们的莫斯科、伏尔加河那样。

还是小王乖巧：“老人家，我们欢迎您去中国。”

老人在摇头：“今生恐怕不成了，我已经八十六岁了。”

我理解老人的遗憾。我踏上他们这片国土，也是为了了却少年时代的心愿。刚才，我显然低估了他的年龄，现在按他的年龄推算，我仿佛熟悉了他胸前挂满的勋章。我冒昧地问：“老人家，你参加过二战？”

老人含笑点头。我问到他心坎上了，他是那么自豪。他手指胸前，如数家珍地对我说：“这枚奖章，是保卫莫斯科获得的，这枚，是库尔斯克战役……我还打到过柏林。”

我真不敢相信，眼前这位不起眼的老人，竟是我心中崇敬已久的稀世英雄。他祥和的皱脸，一点不显当年横扫过狂魔的霸气，一点不像他周围的后生们，个个冷漠自傲，还把没落帝国的荣耀强撑在脸上。

我真不敢相信，眼前这位不起眼的老人，竟是我心中崇敬已久的稀世英雄。他祥和的皱脸，一点不显当年横扫过狂魔的霸气，一点不像他周围的后生们，个个冷漠自傲，还把没落帝国的荣耀强撑在脸上。老人显然也很鄙视他身边这些无视他存在的后生。他很是愤慨，嘴唇抖动得厉害地说：

“当年，我们用鲜血和生命捍卫过这座城市。没有我们，哪有莫斯科的今天，可他们，”他向周围一瞥，“全忘了，他们都在欢呼柏林墙的倒塌，见到当年的德国鬼子，比见到他们的亲爹还要恭敬。他们谁还能记得，当年在纳粹人的眼里，我们全是该灭绝的斯拉夫人。”

没人理会老人，旁边陪坐的瘸脚也挤车去了。老人的隔世之音，只有我们愿听。他说起卫国战争，首先提到的民族英雄，是斯大林，还有朱可夫。他那见证历史的直白缅怀，恐怕是没有经历过那场战争的人很难感受的。

“老人家，卫国战争的英雄，还有你！”我也学会了小王的乖巧。

他愁眉苦笑：“我算什么，就像这秋来的落叶，生老病死，已经没人管了。时代已经把我们遗忘了，可这座城市，它应该还能记住我们。”

历史老人的呼唤，真的就像这萧萧四散的落叶。

我上前扶住有些微颤的他，动情地说：“老人家，还有我们，还有我们能记住你们。我们还记得住卓娅、舒拉，是你们和她们拯救和改变了人类历史的命运。”

“谢谢您，同志，谢谢您。”老人颤抖的手捏住我的肩头，是那么有力。

老人家这么早冷坐在这里，既不搭车，又不离去，胸前满挂过去的荣耀，是在向他不满的现实表示无声的抗议？还是在向他的那些后生们展示他的存在？老人的回答是那么沉痛：“小同志，你不会想到的。我这把老骨头，六十年前就该埋葬在这里了，当年保卫莫斯科，我就战斗在这里。”他手指车场边枫林里金叶撒满的草坪，连翻译小王也大惊失色。

“我的两个兄弟，还有无数战友，都长眠在这里了。我也知道自己不行了，可能度不过这个严冬了，没事就来陪陪他们。说句心里话，我一点不怕去见他们，可我怕的是，见到他们，不知该怎么去对他们说苏联解体后的今天。”

老人已是秋来无力迁徙的候鸟了。他的痛苦，我明白。一个赤胆忠心为理想社会奋斗了毕生的老人，在他离世之前，亲眼目睹了他追求的事业，竟然是“南柯一梦”；还要带着一个百思不解的大问号，去见他那些为理想事业献身的先行者。老天爷，你对他太不公道了！

在回宾馆的途中，那老人的身影还浮现在我的脑里，我有些心酸地问沉默的小王：“你还认为他是疯子吗？”

一个赤胆忠心为理想社会奋斗了毕生的老人，在他离世之前，亲眼目睹了他追求的事业，竟然是『南柯一梦』；还要带着一个百思不解的大问号，去见他那些为理想事业献身的先行者。老天爷，你对他太不公道了！

小王还是沉默。她太年轻了，她很难理解，我们的前辈和我们这代人是从何等的坎途中走过来的。

发表于《四川文学》2001 年第8 期

原文有改动

# 北欧六日记

## 五月十九日

从阿姆斯特丹乘飞机去赫尔辛基，我在公务舱翻了两小时的《安徒生童话》。

临城上空，丽光映照的千湖岛国，尽收眼底。大片大片绿影起伏的森林，怀抱着一潭又一潭蓝莹莹的湖泊，像一串串镶嵌蓝宝石的翡翠项链，通连一片，展向深蓝的大海。

一色的天海，海鸥追逐的游船、飞艇，拉出一条又一条细长的白线，像音符飘飞的天谱。扶摇而上的直升机，投影似飞碟，炫晃过金色的海滩，消逝去黄墙红瓦的城边森林。

这真是童话的世界，下飞机我就感受到了。同行的小青年，清华大学的博士生风风，初次出国比我兴奋。我俩还没找到预定的宾馆，就拖着行李箱，坐去了街巷

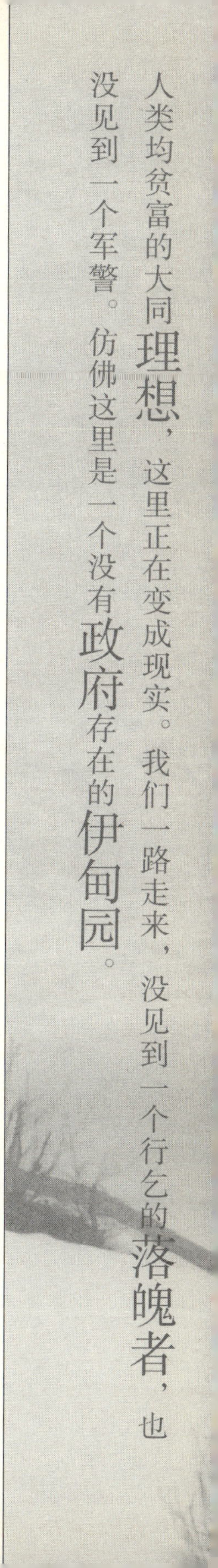

露天的咖啡吧，与芬兰人共同享受起天高气爽的日照。

这里的阳光金灿而明净，你仿佛能分辨出光谱的不同色彩。这里的阳光当头烤晒，你感觉不到身热。拂来的海风，比山风清凉。听说这已是当地最热的季节了，伏天不热，盛夏的骄阳，春光似的明媚。西洋人钟爱的阳光与我们的阳光，显然是不一样的。

那些闲坐在风光里的男女青年，头发沐得金黄，肌肤耀得雪红，他们一个个悠闲地喝着咖啡、抽烟、低声说笑，好像无所事事，融在大自然里就是为了打发时光。

酒吧对面的长铁椅上，散坐着一些孤独老人。他们神定在那里，似在听巷口远处民间艺人拉出的小提琴旋律，似在浏览巷中牵着宠物走过的稀少行人，或者就是在享受日光浴。

你一看就明白，他们那消闲的功夫，非一日所养，是有条件、用时间泡出来的，而非我俩到此就能效仿的。

很快，我就感到了不适应的空虚，是忙碌惯了的人，突然心静下来有过的那种不踏实的空荡。出国刻意休闲的我，也耐不住他们享受惯了的恬静。况且这时，我还有没找到宾馆的心事。

找到的宾馆，离海边不远，以自游人身份来到芬兰的我俩，要加入的旅游团队深夜才到。总台小姐耐心地听我俩说明了情况，在电脑上核实过我俩的护照，通情达理地发给了暂住证。

再上大街，街道上的行人很少，仿佛这是座空城。空荡的有轨电车里，几乎无人。来往的出租空车，招手也不应。我俩找不到的士停靠点，只好穿街漫游；时间是下午五时，街铺都歇业了；走进还没关门的商场，也是空荡荡的。眼下正是他们出游的旺季，城里人大都出国或进海下乡了。热闹的地方，见到的几乎都是拍照留影的外国人。主去客来的这座古典城市，像活水一样循环在世界潮流里，充满着现代的气息和活力。

我俩来时，听说近海有个伴侣岛，是圣诞老人的故乡，想去叨几分仙气，向一位路人询问登船的码头。他详细指画的方向，我俩走反了。他疾步撵来，很歉意地把我俩带到海湾，才放心地离去。

海滨浓荫大道上，骑自行车健身的男女，比在海里玩游船、飞艇的人多。

停靠在内湾的大小游船、飞艇，形状不一，长溜地摆向尽头，豪华得就像在展示富有。开船出海，坐在甲板上沐光兜风的情侣，一点没有国内款爷们坐进奔驰轿车里显贵的招摇。替人看守游船的雇员，在栈桥上给我俩指路，也一点不现卑微。贫富悬殊相对不大的他们，各自都按自己的方式生活，共同享受的是天赐的大海、阳光；处处呈现的是天人合一的祥和。

我们坐船入海，心胸随海面开阔。

那一个个来而又去的绿影岛屿，在鳞光回耀中，紫

也就是说，芬兰的自主独立，靠的是恩赐，靠的是机遇，而不是暴力，也不是走的非暴力的议会途径。当年世界殖民地的独立运动，是不是还有第三条路可走？我不得而知。我只知道建国后的芬兰，为了捍卫自己的独立尊严，不惧强大的苏联革命输出。

金灿灿，出神入化，恍如普世观音出没的仙域。陶渊明虚幻的洞中桃源，不及这里色彩艳丽。人类均贫富的大同理想，这里正在变成现实。我们一路走来，没见到一个行乞的落魄者，也没见到一个军警。仿佛这里是一个没有政府存在的伊甸园。

上岛的碎石白沙路面与挂满紫藤的石砌房舍，都是原始的自然生态。我俩穿行在林影花丛间，处处感受到了“圣诞老人”待客的热情、文雅、礼让为先的淳朴，自觉走进了现代桃花源。

那临海的老城，岩石砌筑的墙凹，架设着无数涂漆的古炮。我不知是哪个年代的，对向渺茫的大海，防御谁？能打多远？反正它今天已经成了游人眼里的文物，成了参观点，随你去想象这片祥和的土地上，曾经有过的血腥。

我从小脑里形成的概念是：弱国久受强国的霸占，只有抗争才能独立；人民久受战争的蹂躏，只有战胜了敌人才能赢得和平。我久站在那些排列的古炮前，目睹当年列强们为划分势力范围，在异国设防的历史见证，联想起刚才在城里见过的两尊人物雕像。别样的历史，使我产生了别样的认识。

那是在市中心广场边，以白色教堂为背景的阶梯前，见到的沙俄亚历山大一世的高大铜像。他左手提悬威慑的利剑，右手摆出恩赐的给予，目光俯视着他的臣民。

其神态，简直就是启蒙时期开明君主的活写真。

芬兰民族在历史上是一个没有自己语言的国家。它像家奴一样，依附于相邻列强，常成为列强们战争与和平赠来送去的贡品。芬兰的自主，是这位霸主赐予的。不管这位战胜过拿破仑的大公国主，当年恩赐的目的何在，芬兰人民都不会忘记他。芬兰的独立，又是借助了苏俄十月革命的一声炮响。

也就是说，芬兰的自主独立，靠的是恩赐，靠的是机遇，而不是暴力，也不是走的非暴力的议会途径。当年世界殖民地的独立运动，是不是还有第三条路可走？我不得而知。我只知道建国后的芬兰，为了捍卫自己的独立尊严，不惧强大的苏联革命输出。

博物馆门前的另一尊铜像，就是他们民族的象征，

我接连进了好几个摊棚，身边都不见商贩的身影，就像上了无人售票的公交车；选中货，也找不到卖主，问邻摊的户主。她遥指推货远来的人向我示意，一点没趁机招揽我的意图。这样的个体商贩，真还少见。

就像红场边的朱可夫铜像那样受人敬仰。他是曼纳海姆。在芬兰国内战争中，他是邓尼金式的白军首领，在德国的支持下战胜了苏联支持的红军，确定了政权的属性。如果当年的芬兰，没有他力挽狂澜，红色政权的旗子飘扬到苏联解体后的今天，又该如何呢？能成为经济实力世界排名人均第一的富国吗？从将军刚毅坚韧的雕像神态中，我们还能见到芬兰人骨子里不畏强暴的血性。

著名的苏芬战争。芬兰人就是在这位大智大勇的英雄指挥下，利用天时地利人和，以十万军力抗击了百万苏军的入侵。打得战争魔鬼希特勒都傻眼；打得损失惨重的斯大林在雅尔塔会谈中，都不得不承认，应该尊重这个敢于亮剑的民族。他们的和平环境，是他们的勇敢获得了对手的尊重换来的，而不是战胜了敌手。

苏芬尽管多次交恶，但芬兰人还能把敌国恩主的铜像，保留在自己的首都，可见这个民族的心胸。

小国夹生在大国之间，很难把握自身的命运：卧榻之侧岂容他人酣睡。而半个多世纪以来，北欧的一连串小国，夹卧在大国之间，吸取历史教训，不再依附于任何列强，恪守中立，把自己世界政治边缘化，就像躲进了武陵山洞里的桃花源，自我生息；用民主架构的政治体制，焕发人人不乏的创新想象力；以独占鳌头的世界电讯科技和保护得很好的自然资源，自立于世界民族之林。他们不与任何外人争风竞雄，自己享受着自己创造的现代化的田园生活。他们所走的社会道路，也许才是人类真正向往的社会之路。

## 五月二十日

昨晚回宾馆，十一点过，已是我国天色最黑的子夜时刻了，而这里的天，还亮得什么都能看见。海平线的天边，还能见到乌亮的云霞。实在困乏的我，等不来要随的旅游团，便倒床睡了。

或许是晚餐海鲜吃得过饱，或许是倒时差，凌晨五时醒来，见窗帷的罅缝，已透黄光。我推窗敞望，太阳已升过街房，离远海几丈高了。

光染的街道，静悄悄的，人车更少。按时发班的有轨电车，是难以感觉到的社会福利，没有乘客，也照常空来空去，空荡荡地驶过眼底，发出的微响，让站在窗口的我，都能感觉到街面的空寂。

我开始写昨天的日记。叫床的铃声响过，洗漱完毕的我拉门下楼。咖啡吧里已有不少人了，先我入团的风风，向我介绍过领队导游小李，一个京腔纯正的姑娘。她凝视我的神色有些异样。大约我的衣着过于不修边幅，与她见过的我的入团资料，相去甚远。

早餐后随团旅游。车停车走，参观的议会广场、白教堂、西贝柳斯公园，都是我们昨日游过的；只是昨日步行，觉得城很大；今日以车代步，觉得城在变小。

山野的天更蓝，蓝得一尘不染。蓝幕里的白云，像大块大块岩厚的羊脂玉，晶莹高悬，不见一丝云絮。天空除了深蓝与莹白，就只有躲进云块里的太阳，透出天云魂魄的霞光。

昨日没去的，是城边较远的著名音乐博物馆。那是一座以山凹为壁，旋玻罩顶的庞然大物，进洞我就感觉到了它的空旷：四处无柱，日光满透。高朗的圆弧大厅，墙边送来了钢管琴乐曲。

我缓步下楼，环视它的大气，并不觉得这位著名的设计大师，比我们建造故宫的无名匠人精细；那山墙与玻顶的接合部，明显粗糙，远没有钢管琴弹奏出的乐曲那般自然、大气、流畅。百年前的西洋人，有如此大胆的创意，多在于他们那时有现代的建筑材料。如果他们那时的建筑材料，也仅有砖木，他们再通力学，也很难构想。我是不太迷信洋人的。

去渔人码头购物。途中，导游指着街心花园里的一个餐馆——从玻壁外都能看见堂内的桌面燃满烛光，像天天在过圣诞节似的大餐馆，对车上的人说：谁要想去这家餐馆用餐，至少得提前一月预约。

风风听了在笑，我心里也在笑。昨晚我们走饿了，进的就是这家餐馆。里面用餐的客人虽多，但空位还是有的。海鲜大餐的收费与我们食后，皆大欢喜。只是他们恭送我们，说的却是日语。看来中国人大把的钞票，还没有慷慨地撒向这里，不像我们来时路过的阿姆斯特丹，用中文说“您好”、“再见”的商场营业员，多的是。

刚到渔人码头，太阳雨又下起来了。忽晴忽雨的海洋气候，我们在参观点经历了好几次。你刚进店买把伞，太阳露脸了；你硬挺着雨粒打身，雨又不停。所以，码头上的开阔地面，密布的摊点都搭起了塑料凉棚，既防雨，又通风。棚里摆放的，尽是北极圈内耐寒的兽皮。毛色之油亮，手感之柔软，你见了自然会感觉到穿在身上的舒适。

昨天下午，我们来这里坐船去海岛，码头上是空荡荡的，而今日的这时，码头上挤满的棚摊，仿佛是从海里涌来！他们的自由商贩，好像也跟商场里的营业员一样，按时上下班，下班时还将流动的棚摊各自拆走。

我走进户挨户的摊棚夹道间，不闻叫卖的吆喝声，不见竞甩的跳楼货，更没见戴红袖圈的执勤员。小贩对待顾客，跟他们大商场里的营业员相似，不迎不送。货真价实的商品，买不买无所谓。我接连进了好几个摊棚，身边都不见商贩的身影，就像上了无人售票的公交车；选中货，也找不到卖主，问邻摊的户主。她遥指推货远来的人向我示意，一点没趁机招揽我的意图。这样的个体商贩，真是少见。

我去过不少发达国家，小商小贩的管理是最难规范的，而他们的大街小巷，清爽得连一个广告牌都不见。小商小贩都能按时聚散在这里。是他们民族的素质？是他们政府的执政能力？还是他们国家法律的完善？

**五月二十一日**

去土尔库乘夜船到瑞典。时差还没倒过来的我，疲

放眼望去的绿茵原野，黄绒绒的一片，连树冠下也一点阴影不现。这自然让我联想起梵高那幅日照中不见树冠下阴影的著名油画。世人都说他是大胆创新，其实，它不过就是窗外自然景色的一角。

乏地坐靠在车椅上，目视窗外一闪而过的秀麓镜湖，哪一景，都怕漏放，可耷拉的眼皮，又老不听使唤。导游在车头介绍的芬兰概况，尽是网上资料，倒像催眠曲伴我入睡。

醒来，不知到了何处？窗外的景，还是我睡前的景；窗外的天，却不是我睡前的天了。

山野的天更蓝，蓝得一尘不染。蓝幕里的白云，像大块大块岩厚的羊脂玉，晶莹高悬，不见一丝云絮。天空除了深蓝与莹白，就只有躲进云块里的太阳，透出天云魂魄的霞光。

放眼望去的绿茵原野，黄绒绒的一片，连树冠下也一点阴影不现。这自然让我联想起梵高那幅日照中不见树冠下阴影的著名油画。世人都说他是大胆创新，其实，它不过就是窗外自然景色的一角。

这里无处不是油画。来去不尽的画面，风格各异。那大片大片原野里的禾苗，垂向道边，梳理过的齐整。车上有人发问："那是麦，还是草？"

刈禾拉出的槽沟，秸头泛黄。

"是燕麦。"同车的一个北方妇女，大声抢答，"燕麦的苗，就像草。"

麦草原来是一家。难怪风风戏说西洋人喜欢吃沙拉，就如同喜欢吃生草。

导游却说那是草。可我睁大眼睛仍分辨不清，风动中的苗，是麦，还是草？是草，就该有牛羊，风吹草低怎么不见牛羊？车穿密林，越湖泊，只要起伏的草原一闪现，我脑里的问号又浮起。

吃过晚饭就上船。登上的海船又高又大，雄伟得似电影里的泰坦尼克号。鱼贯而入的游客，无声地在楼层岔口分流。

我和风风找到了房间，却入不了门。先到的一个高大的胖女人，拖着跟她一样臃肿的行李箱，堵住了门口。她见与我俩同房，就叽里呱啦地乱叫。她说的是俄语，我俩听不懂。管理人员过来，发现是性别弄混了，把我俩换去了男区。

进房间，扔下行李，我俩就匆匆爬上船顶，观看落霞。

波罗的海倒灌内陆的海水，形成的海湾，水面宽不过长江，两岸是一望无际的浅丘。彤红的落日还远离天际线，苍白的圆月已高挂在天的另一边了。日月同辉的蓝天，几乎不见月的光芒，“嫦娥”的柔情已被“阿波罗”的炽热消融了。

霞染的蓝空拉出了白色的飘带，那是飞机的喷气；金色的水面掀起了白浪，那是飞艇驶过。船在高于地平面的海湾缓行。平静似湖的水湾，远远望去，就像蜿蜒至天边的金光大道，连岔去山峦背后的支湾，也流金似火。海水仿佛真的在燃烧。

八面来风，翻飞人的衣袂，吹乱人的发型，但一点

海水慢慢由金变银，银白得发亮；渐渐敛去霞光的天边，现出了紫罗兰的艳彩；而舱里人这时却很少再去留意。美景，对于欣赏麻木而不再欣赏的人来说，已失去了美的任何意义。

不影响摄影者在逆光中抢抓镜头。我和风风在露天甲板的酒吧，要了两杯洋酒，饮酒赏景，少了他们奔波于左右船舷的忙碌。美景如美酒，不是用来看的，要细细地品味，才能感受在心里。

晚来的暖风，大了。甲板上的游人，大都保存了几筒胶卷，到五楼赌场、夜总会潇洒去了。我俩也移进了船顶的玻舱。

四面环玻的大厅里，不少人在聊天喝咖啡。我与博士生也坐去临窗的沙发上，开始了漫无边际的神侃。

海水慢慢由金变银，银白得发亮；渐渐敛去霞光的天边，现出了紫罗兰的艳彩；而舱里人这时却很少再去留意。美景，对于欣赏麻木而不再欣赏的人来说，已失去了美的任何意义。

北欧的黑夜，冬长夏短。想看海湾夜景的我俩，很晚还坐在那里与天色对峙。

月亮不见了的天，老是阴暗不黑，好像永远不会黑似的。

子夜熬过，天际还镶着一道靓丽的彩边，地面还流动着浅丘原野的显影。

我俩终于认输，回房睡觉。

## 五月二十二日

早上醒来，我爬上船顶看日出。这时的太阳，已把大片的丘野映得鲜红。

朝阳，像充满生气的少年，不折不弯地直照大地。丹霞崖放出了金焰，绿丛林耀起了油光。虹影入水的另一边——背光的崖底，却绿水一片。半江红霞半江碧，如此分明的层次，落日就无力展现。

落霞，像成熟的老人，柔而多变。成熟的柔光，遇阻是能拐弯的。晚霞多奇景，梵高大师固然通晓其间的天理。

吃过早餐要下船。我俩来到五楼船头的大餐厅前，那里已经围站着几乎半船的人了。厅门一敞，白人、黑人、黄种人成团拥入。

我俩抢到了船头的最佳席位，透过玻壁看出去的外景，如同罩上过滤镜的相机，清晰而不耀眼。昨晚与我俩换房的北方妇女和导游端着食盘来到我们桌边。我问她俩昨晚感受如何，导游摇头苦笑。北方妇女怨气直冒：“她们该去睡包厢。”

风风听说与她们同住的原来不止一个而是两个同样体型的俄国妇人，便低声爽笑：“没把你俩挤出门外就不错了。”

几百人的餐厅里，没有喧哗，各自用餐观景。秀色比美食抢眼，而我的目光却被一位隔玻摄影的少妇吸引。她高雅的举止，动态的轻盈，都泛起我青春的异想：倘若昨晚错房的是她，我的感受又该如何呢？再美的景，

游古城，我怀疑那窄道两旁的石砌高楼，不似十三世纪的遗迹，如果他们那时就有如此气派的街市，马可·波罗来到中国的杭州就不会那般惊奇。到诺贝尔大厅观光，我深为泱泱大国的我们羞愧。我们究竟为人类做出了多大的贡献，不是由我们说了算的。

都没有活人美。好像是车尔尼雪夫斯基说过的。

船到瑞典的斯德哥尔摩，上岸乘车来到入海口，我这时才知，我们昨晚只在海湾内陆的对角线上横跨，压根还没见到波罗的海。

辽阔的深海，波光粼粼，平静得就像他们的生活那样充满阳光。喇叭口的内湾，停靠大小轮船的对岸，坡林掩映的黄墙红瓦，在蓝天、白云、阳光中格外醒目。同伴们都在争抢拍照，有的人眼看花了，不知镜头该朝何处，问一位专业摄影的老者。他自顾不暇地说："拍哪里都一样，这里是一截一个景。"

游古城，我怀疑那窄道两旁的石砌高楼，不似十三世纪的遗迹，如果他们那时就有如此气派的街市，马可·波罗来到中国的杭州就不会那般惊奇。到诺贝尔大厅观光，我深为泱泱大国的我们羞愧。我们究竟为人类做出了多大的贡献，不是由我们说了算的。

参观瓦萨沉船馆。我算领略了只求做大、不求做实的悲哀。一艘炮位密布、楼高五层、数百米长的木帆战船从海底打捞起来摆放在那里，是告诫后人：三百年前，他们犯了一个低级错误——船大底要平的常识性错误。还是告诫后人：这是盲目贪大的必然结果，大有何用？它出海参战，航行十五海里，连敌舰都没看见就自杀了。这样的教训我们不也有过？早年海沉的东风二号万吨巨轮，我们有能力打捞起来，展示给后人，告诫人类吗？

我们现在只求做大、不求做强的企业比比皆是，其结果不会比它更好。

我和风风先出馆门，见光照的大草坪上，散坐着晒太阳的人。他们一动不动，在风和日丽中感受天灵地气。我俩也跟着“放荡”开来，脱光上衣，仰天合眼，醉眠芳草。

清风幽香，鸟啼声脆，四周宁静，静得空荡、静得可怕，静得活人就像在尝试离世的圆寂。

一个崇尚英雄、歌颂剑侠的民族，谁会安于这种死静的生活？壮士的激情要在竞技中燃烧，要在成就中享受，这才是我们入世的精神。人在少年时，应该学法家，锐意进取，既是烈士暮年，也该壮心不已，这才是我们的人生价值。

我的思绪还在浮跑，突闻风风惊呼：“有人抢包。”

我翻身跃起，只见一个飞跑的小子扔掉手里的包，头也没回就拐进了绿荫丛中。

风风捡包回来，很平静地笑道：“东西没掉。”

我听了也想笑：天下无处无贼，不缺衣少食的人也会做贼。

## 五月二十三日

昨晚住小镇，我睡得很早，凌晨二点醒过一次，窗帷间现有微光，是天没黑，还是天又亮了。四点醒来，

一个崇尚英雄、歌颂剑侠的民族，谁会安于这种死静的生活？壮士的激情要在竞技中燃烧，要在成就中享受，这才是我们入世的精神。人在少年时，应该学法家，锐意进取，既是烈士暮年，也该壮心不已，这才是我们的人生价值。

起床上街。

霞光已映房顶，寂静的街面没有人，只有鸟。

海鸥十来只一组，按飞行编队在地面拉成一溜长线，咕叫着，鸡啄米似地埋头觅食，还不时地仰颈长啸。尖厉的嘶鸣，惊刺远空。

另一种不知名的黑鸟，像我们夏天逐臭的苍蝇，一群一群地绕着广场里的垃圾筒，在寻找人弃的隔夜美食。它们哑巴似的埋头实干，却有些怕人。大鸟钻进筒里，筒沿还留有小鸟放哨。它们好像也拉帮结伙，为争一个富有的垃圾筒，大鸟之间也得在空中闪翅比武，但并不死缠烂打。它们的食物也许过于丰富，争抢起来都很文明。

这两种鸟，是最先醒来、最早忙碌的“清道夫”。天亮的世界最早属于它们。

我第二次上街，街上有了零星的人影。太阳升起了。黄灿灿的霞光映在红墙上就像鲜丽的蛋黄。海鸥的报晓声已经没有早时那么刺耳了。我逼近它们，它们旁若无人。一部轿车驶过，它们旁若无物。在暴风雨中历练过的它们，想去哪里就去哪里。它们的自由，在于它们的勇敢。

街边广场上的黑鸟少些了，我离它们还有几步远，它们就开始躲闪；再走近点，它们就笨拙地展翅飞了。

鸟与人相似，胆小的都心细，胆大的多忘形。胆大心细的鸟，这世上，不知有没有。

我第三次上街，阳光已染红街面，人多了，车有了，海鸥不见了，黑鸟也隐去树冠里了。广场上的飞禽由肥鸽换了岗。这些供人逗玩的公养宠物，早睡晚起，饱食终日，一个个滚肥溜圆，见我走近，还迎我而来，好像我要布施它们早餐。我猛然击掌，它们不惊不吓地散去，跑动的敏捷不如鸡。我怀疑它们的双翅已经退化，飞禽在变走禽。长此以往，若按“用进废退”的自然法则，这些动物都会慢慢变异。我不知丰衣足食、快乐享受的人，会不会变异？上午九时过了，这里的商场还没开门。

吃过早餐，我们坐车赶路。车在山麓间越国境，如同我们国内穿省，没办理任何手续，就到了另一个国家。挪威的风光比瑞典更有魅力，人也更有生气。

首都奥斯陆，这个有五十万人的城市拉得又长又远。依山傍海的独体别墅，式样之多，多得就像他们人的不同面孔。每一幢都在展示其主人自我设计的个性。多而不乱的古典建筑群，融在山光水色的画面里，既体现出他们相互的包容，又透视出这座城市的民族文化。

去皇宫，导游给我们讲了个现实中的童话故事。

挪威的王子爱上了一个不清不纯的民间女子。这女子派过对，吸过毒，还带有三岁的私生子。王子着魔似地爱上了她，她也着魔似地爱上了王子。面对国王、国

街边广场上的黑鸟少些了，我离它们还有几步远，它们就开始**躲闪**；再走近点，它们就**笨拙**地**展翅**飞了。鸟与人相似，胆小的都心细，**胆大**的多忘形。胆大心细的鸟，这世上，不知有没有。

人的反对，这位勇敢的女子当面向国王陈述了她过去的种种劣迹。她的坦诚赢得了国王的谅解。在全球转播她与王子的婚礼上，热泪盈眶的王妃，用泪水洗面的真情，也感动了不满她的国人。

犯有前科的人，在他们国家，只要真诚忏悔，重新做人，都能得别人的尊重。更何况，他们不会把男女私情，纳入“万恶”之首。

我们在御花园里，见到一个个穿裤衩、系乳罩的少女，或躺在或活动在光照的绿茵草坪上，各自展示天赐的形体美。有的少女还裸露着身子与自己的恋人一起在草坪上玩棍击游戏。人体美，在这里是共赏的尤物。

湖泉边、林荫里，四处有伴侣野餐，只嗅肉香，却不见星火。玩过棍击游戏的男女，临走时，把使用过的草坪收拾得干干净净，纸屑、垃圾全盛进纸袋里提走。这让我想起在日本的鹿儿岛看夜戏。我偷偷躲去草坪边的黑林里抽烟，见到星火的老人，迎我走来，什么都没说，递给我一个精致小袋，示意我把烟灰和烟蒂装进袋里。

爱国如爱家，这就是国民的素质。

亚洲人同样也有欧洲人的文明。欧洲人最看重的亚洲人，是日本人。不全在于日本人比我们有钱。

明天要进峡湾，夜宿城边的小镇，睡不着的我约风风去大厅酒吧喝啤酒，遇到一位本地人，主动上前与风风搭话。风风翻译说：他见我们是中国人，很高兴。他刚从中国回来，去过中国很多地方。我想，而今中国的现状一定改变了他过去的印象，给了他很多的好感，不然，他见到我们不会那么亲热。

风风问他是中国人好，还是日本人好？

他说：“还是日本人好。日本人更懂礼节，进店买不买东西，都向你鞠躬。中国人是拉着你进店。”

风风笑着说：“你们的店，连客人都不会拉。”他听了也大笑。

**五月二十六日**

挪威的峡湾，是世界自然风光最美的仙境。游过峡湾，去丹麦，我俩将在那里与团里人分手，前往德国、法国。

发表于《四川文学》2011年第2期

原文有改动

爱国如爱家，这就是国民的素质。亚洲人同样也有欧洲人的文明。欧洲人最看重的亚洲人，是日本人。不全在于日本人比我们有钱。

# 德国日记

### 六月二十七日

今日离团，去西欧。我和风风与团里人没认识几天，萍水相逢，来去都像日出日落一样自然。

大巴车驶进丹麦首都，想乘午后火车去汉堡的我俩，要求在城里下车，司机却不通商量，把车直接开去了海边。导游见我冒火，下车只对我说了声“再见”，便带团离去。倒是那位留下来的挪威司机实在，他到海边的商铺挂过电话。一会儿出租车就来了。他告诉我俩：丹麦城里是不能随便停车的，他只能依法尽职。

丹麦的火车站，客来人往，烟头、纸屑到处都是，不及我们的火车站干净。我俩买票，先是找错了地方，后又站错了队。排成长队的购票人见我俩着急，纷纷礼让。我俩欲乘的车次虽说推迟了，心里却很了然。

进大厅，下站台的入口，多得晕头，问一位白发老人，他的指画，我俩没弄明白，又问一位路过的漂亮黑发姑娘。她看过我们的车票，主动把我俩带拢，还再三叮嘱我们：要注意听广播，车次有时要变换站台。她是中国人，在这里，一点没有漂亮的傲慢。

站台上的纸屑、烟头仍然不少，来去的火车比我们的公交车还频繁。有列火车启动了，乘客还可以自己摁开车门跳上去，我正担心要出事，一条大狗斜蹿过来，与我身边妇女手牵的小狗亲热。那大狗的嘴像猩猩，油亮的黄毛紧贴肉身，像裸体。牵拉大狗的姑娘用足了劲，才将难舍的它俩分离。这里的狗也可以坐火车，与人同等，但都得有座位。基督教的"博爱"，就是人性。

上车又见到那位白发老人，他主动过来帮我们看票，认定我们该坐去包厢，才放心地离去。这里的人，只要你求助，不管认不认识，都会尽责到底。走在陌生的土地上，你会感觉到世界真是个大家庭。耳濡目染，仿佛自己都在变样，都在变成大家庭里的一员。

心灵的尘埃，只能在人与人间相互影响的环境中净化，不似地面的垃圾，绝不是"扫帚一到，灰尘就会自己跑掉"那么简单。

到汉堡，出火车站迎面碰见两个黑衫黑裤、戴黑墨镜的光头。他俩手夹燃烟，耳挂金环，像要邀请我俩去干什么。我怕惹麻烦，叫风风快走。可那两个小子硬要风风给他俩拍照。风风无奈地举起相机，他俩立马做出亲昵而又滑稽的同性恋动作。我不知他俩把丑态存留在

这里的人，只要你求助，不管认不认识，都会尽责到底。走在陌生的土地上，你会感觉到世界真是个大家庭。耳濡目染，仿佛自己都在变样，都在变成大家庭里的一员。

我们的相机里，目的何在？

吃过晚饭，去街头酒吧喝啤酒，看电视里世界杯足球赛中的德国队比赛。一群男女青年在街边拉响手风琴，又跳又唱，还发出尖厉的怪叫。他们个个穿得花里胡哨，脸涂得像鬼怪，像在准备过“狂欢节”。

一个老者，手拿几本艳女杂志，向酒吧坐客一一推销。没人要他的杂志，但都在给钱。他嘴里说的什么，我听不懂，只见他把硬币不停地放进拴吊在腰间的易拉罐里。他走来我俩面前，见风风刚掏出一支香烟，就机灵地捞起桌面的火机，乖巧地替风风点燃。我递给他一张纸币，他迅速折成长条，卡进头帽里。我怀疑他皮鞋里也塞进了钱。他浑身上下都是钱，还在要钱。

### 六月二十九日

昨晚住火车站对面的俾斯麦酒店，是四星级的老店。开门的钥匙系吊的铜柄是古董，又大又沉。房间的楼道，弯来拐去，我们入住五楼，要乘两次电梯。干净简洁的房间里，热烘烘的，没有空调。德国每年只有半月的暑天，恰让我们赶上了。

德国每年生产那么多的一流空调机，自己不用，全销国外，是怕碳化污染环境吗？大街上，他们抽烟的男女够多的了，跟北欧人差不多。德国人抽烟的多，是压力大，解闷；北欧人抽烟的多，是悠闲，享受。抽烟的理由都能自找，至于污不污染环境，那是别人的事。

风风留学德国的同学找到我俩，带我们去游汉堡的外滩，走累了，坐在海岸栈桥的天棚里喝啤酒。凉风拂来的外滩，楼高道宽，像我们繁华的上海浦东。

中国人喜欢浦东，那是浦东像发达国家。西洋人不喜欢浦东，那是浦东像他们国内。西洋人来中国，与我们去西欧所要欣赏的正相反，他们来中国，希望看到的是当年安东尼奥拍摄的《中国》场景，那才符合他们看动物世界的口味。

这世界也是，我们推鸡公车的时候，他们骑自行车。我们有自行车骑的时候，他们家家开小汽车。现在我们家用轿车也渐渐普及了，可他们又像不用空调机似的，玩起了没有碳化污染的自行车来。这里的码头、火车站到处都是前扶手挂筐的自行车，买来的日用品都装在筐里。这社会还会不会退回鸡公车的时代？如果会，他们还是走在时代的前面。

德国大一统的历史并不长，俾斯麦铁血立国就走到了时代的前面，只是那时走在时代前面的不是文明人，是一批强盗。我们最早熟识的德国人——瓦德西，就是八国联军的强盗头。他们靠掠夺别国的财富奠定了自己文明的基础，而深受其害的我们跟不上做贼的步伐，一步不及，步步落后。我们早年没有抢人的本事，就不必羡慕别人漂白了的辉煌。勤劳致富，肯定没有抢劫致富

中国人喜欢浦东，那是浦东像发达国家。西洋人不喜欢浦东，那是浦东像他们国内。西洋人来中国，与我们去西欧所要欣赏的正相反，他们来中国，希望看到的是当年安东尼奥拍摄的《中国》场景，那才符合他们看动物世界的口味。

来得快。汉堡内河有一片旧式的建筑群，那是百年前都市的一角，可谓海盗之家。船在高楼夹岸的河道中行驶，红砖裸露的岸楼，阳台上还设有滑轮起吊机，远洋抢运回来的赃物，不用人力，可以从河船上直接吊进屋里。

当然，做强盗也有挨打的时候。我们去城中参观了二战仅存的一座高塔教堂。登上75米的高空，就像站在日本东京大厦之巅俯视东京湾那样，看到的是当今发达国家的实力。塔顶的回廊里，悬挂着许多二战时汉堡被炸的照片，满目疮痍的废墟堆里，唯独这座圣塔没有倒下。德国人至今既不修复，又不撤出，让遍体鳞伤的它直立于闹市，是要告诫后人历史的悲剧不能重演，还是要激励后人振兴？

德国人在抢人与被抢中历练得刚毅又坚韧。他们至今仍能吃苦，汉堡地铁的车厢里同样没有空调，我热得额汗直冒，脱衣露衫，而衣冠楚楚的德国人几乎没有感觉，偶见拿有纸盒冰淇淋的妇女，也只是默默坐在那里，挑食解热。他们像日本人一样，至今勤俭，习惯于将餐馆里吃剩的食物打包带走。

当然也有无赖。傍晚，我们回宾馆，在要拢的街巷，看见一个酒鬼，敞胸露怀地斜躺在地上，又吐又喝。他醉得爬都爬不起来了，还把酒瓶塞在嘴里。那头戴的黄帽我熟悉，就是昨晚的乞讨者。他要钱不是为了吃饭，而是为了醉酒。这样的人，活在世上，也是多余。

## 七月一日

汉堡去柏林，已是正午。

柏林的气候比汉堡还热，进房间，终于有了冷气。吃过午饭去参观帝国大厦、国家博物馆、柏林墙。来去匆匆。

电影里见过的帝国大厦，给人以威慑，而实地的感受并非如此。站在大厦前开阔的草坪上留影，与站在美国白宫草坪上留影，没什么两样。建筑的本身并无人性，只是我们来到这里，很容易联想到它曾经代表过的邪恶。

二战在这里策动，又近似于在这里结束。

当年苏军为靠近这里，一条街、一幢楼的与德军血拼。攻克柏林，苏军死伤了三十多万人，足见德军最后抵抗之顽强，苏军用血换来的胜利又是多么惨烈。

他们靠掠夺别国的财富奠定了自己文明的基础，而深受其害的我们跟不上做贼的步伐，一步不及，步步落后。我们早年没有抢人的本事，就不必羡慕别人漂白了的辉煌。勤劳致富，肯定没有抢劫致富来得快。

常规战争，人的因素第一。人的精神力量，最大莫过于宗教式的狂热。一战后的德国，皇权崩溃，社会爆发出两股强大的狂热力量：共产主义和纳粹。分崩离析的德国最需要民族凝聚力的时候，这两股最具民族凝聚力的狂热运动兴起，应该说是历史的必然，就像文艺复兴时期，神权王权破除，主观主义、无政府主义思潮泛滥那样。

历史上出现过的最有市场的思潮，未必就是历史的正道，尽管它在特定的历史阶段，释放出迷人的能量。德国、苏联在一战后的世界大动荡、大萧条中率先复苏崛起，就是这迷人能量的凸显。这能量在当时的世界上，是任何其他力量都难以战胜的。我们现在研究第三帝国的兴起，多从魔头的魅力、团队的精神着眼。

其实，德国走上那条道路，是一个不甘屈辱的铁血民族，全民公决的选择。一个涌现出无数哲学家、思想家的理性民族，短短十年间变得如此疯狂，绝不是少数魔头蛊惑了民众，更多的应该是：时代造就。时势造就英雄，时势也造就魔头。

德国国家博物馆里，现存播放的纳粹时期的实况录像，那万众欢呼的造神场面，如果将时空的镜头切换到当时苏联的红场，同样令人热血沸腾。

西方当时之所以采用绥靖政策，“祸水东引”，是想让这两股洪流直接对撞。结果苏德条约的秘密签订，打破了张伯伦的美梦，世界力量倾斜了。希特勒横扫欧洲，视同儿戏，其力量之可怕，是一战的胜利者英法绝对没想到的。苏德战场之所以不同于欧洲战场，那是当时最具精神力量的两股势力——宗教式的狂热，造就出精神领袖而产生出巨大能量的两股势力在进行生死血拼。苏德战场，注定是人类史上最残酷、最惨烈、最惊心动魄的战场，以致于打到了柏林的帝国大厦，还有那么多人在希特勒死后宁死不屈，其中包括十几岁的孩子。

排除战争的正义与非正义，信仰的精神力量都是巨大的。八国联军入侵中国和我们抗美援朝打出的国威，胜败已经不在正义与否，而在有无信仰的精神力量。

苏联已经解体，四分五裂，缺的就是共同的信仰。德国人早已摒弃了纳粹，已经反思那段历史悲剧。德国的总理能在犹太人的陵墓前跪下去，那跪下去的瞬间，世界人民不同程度地宽恕了他们曾经犯下的反人类罪行。但德国人至今闭口不提希特勒，我们问过好些德国人。我感觉他们的认识比我们清楚，那段历史悲剧是他们全民族的悲剧。就像当年日本走上军国主义道路，绝不是天皇个人的作用。

现存的柏林墙，仅有一截残壁，东西两面的正中还保留着一个检查亭。检查亭的西面仍悬挂着美国米字旗，东面还竖着一个苏军的大头像。畅通无阻的车来人往，已经感觉不到当年的戒备森严。听说当年翻越此墙，奔向自由者被杀上千，用热气球飞越的人，也未能幸免。

德国走上那条道路，是一个不甘屈辱的铁血民族，全民公决的选择。一个涌现出无数哲学家、思想家的理性民族，短短十年间变得如此疯狂，绝不是少数魔头蛊惑了民众，更多的应该是：时代造就。时势造就英雄，时势也造就魔头。

新信仰的力量，同样让人不惜生命。

### 七月三日

火车上睡了一夜，醒来到了慕尼黑，这是德国第三大城市，巴伐利亚州的首府。

去参观著名的白天鹅城堡，再坐二小时火车，就到了横跨几国的阿尔卑斯山脉。

湖泊密布的山脚，蓝影四现；森林覆盖的山巅，露现的古堡，像一只白天鹅，翱翔在湖光山色之上。

据说这是厌于朝政的路德维希二世，耗费巨资，亲自设计建造的遁世乐园。避世的君主，成天躲在这阴森森的丛林里，未必欢快，其心酸恐怕只有他耗尽心力的古堡知道。后人大都公认他有艺术天分，无治国之能。其命运注定好不过李后主、宋徽宗。大凡玩艺术的家，都很难做社会实事。社会实事是在人与人间拼搏的动态中成就的，艺术是在自我战胜的静态中玩出来的。天生不该玩艺的他，除了误国，还留下了舍本求末的艺名。

来这里的游人不少，我们走路上山，见弯曲的山道上有乘马车的。这里的马拉车走得不及人快。驾车人控制马速，只能手抖缰绳，动鞭抽马是违反动物保护法的。我走累了，停下来想坐滑竿。这哪里会有滑竿？就是有，怕也没人敢坐。人抬人，不就似人骑人，那不是回到了奴隶社会？外国人注重的人权与我们景区现在还保留的国粹，岂止是文化的差异？

步入古堡，层层通连的厅堂，华贵得似宫殿。听说路德维希二世把他童年生活的王宫搬来了这里。堡内四周窗口望出去的多彩外景，就像路德维希二世幸福的童年。这位早年失恋于表姐茜茜公主的君王，把他那片像白天鹅一样洁白无瑕的真情倾注于山水，梦托于幻境，就是这古堡的魅力所在。有人说痛苦的童年是财富，而他一生最幸福的恰又是童年。终其一生，他都沉浸在童年幸福的回忆里。这于他治国，可能是最大的不幸，而于他的艺术想象，又可能是最大的有幸。

冷酷的现实是不相信圣洁的。未泯的童心哪能应对腥风血雨？

他的国，注定是要亡的，但亡国后，民众还怀念他，他又不失为贤君。听说他与当时一统德国的铁血宰相俾斯麦还是朋友。这无论从性格、志趣、爱好哪方面看，他俩都是无缘的。也许，他俩是两极互赏：他有的，恰是俾斯麦没有的。

一个独善其身的君王，未必是好君王；一个超凡脱俗的艺术家，一定是后人称道的艺术家。可惜，两者汇于一身，就显得不伦不类了。

我转悠在堂皇的古堡里，无心欣赏那些世间的奇珍，就因是平庸君王用过的，在我眼里都失去了它应有的价值。古堡内灯火通明，人来客往，可我仍感觉阴气凝重，担心

大凡玩艺术的家，都很难做社会实事。社会实事是在人与人间拼搏的动态中成就的，艺术是在自我战胜的静态中玩出来的。天生不该玩艺的他，除了误国，还留下了舍本求末的艺名。

深夜闹鬼。室内那么多的白天鹅装饰，都难以幻化成我脑里的仙境，难怪，久呆于此的这位君王，要患忧郁症。

路德维希二世丧生于谋杀，那是他玩物自取。

由此，我联想到现在不少举步维艰的企业老板，常常抱怨：老板不是人做的。其实，社会动乱中的皇帝，又何尝是人做的，尤其是亡国之君。

是企业老板，就该务正道，潜心把自己的企业做好。可不少老板偏偏又喜好"儒商"的雅号。有了几个臭钱，已经很风光了，何必还要去鸠占鹊巢。当皇帝好玩艺术，古今中外，有几个把国治好了的？分明是老板，凭借胆识，剑走偏锋，成就了事业，何必还要回头去装斯文。莫非学哼两句歪诗，你就儒了？

李后主、宋徽宗，还有宋襄公之类，如果有人统称其儒帝，他们肯定当之无愧。但我得告诉你，那确确实实不是在夸奖，而是在挖苦他们。

## 七月五日

去科隆，途经波恩，在那里停留，顺便观光。

贝多芬的故居，曾经的西德首都——波恩，我没想到如今还那么小，小得就像乡镇，二十分钟可逛通城。

据说当年波恩有四景。我们走过了，才知身后的邮电大楼，街边的三层老楼算一景。贝多芬广场，当然更算一景了。我们来到广场的贝多芬铜像前，怎么摄影也避不开铜像身后的邮电大楼。两景相距之近，只能说明

广场太小，小得不能再小了。再往前走，是一条石砌的步行街，街道两旁古色古香的商铺，夹杂着一个小院，若没有标志，我们同样会走过，那更是一景——贝多芬的故居。再往前走，过一个菜市，就是莱茵河畔。

莱茵河畔的树荫草坪上还有一景，而今的市政大厅——当年的国府。两层无人进出的楼房，耀在阳光下，好似留给后人瞻仰的纪念馆。

你别小看这四景，当年可是波恩最繁华的地方。

二战后，被肢解的西德，为何定都在这里？听说首任总理阿登纳，为摆脱美英的控制，拒绝去法兰克福设府，而选择了他的故乡。其理由是：当时德国的所有大都市几乎都被苏英美联军摧毁；唯独波恩小镇，劫后无

一个国家在非常时期，最需要的就是官兵一致同甘共苦的精神。这是为官者最难能的精神，也是最具民族凝聚力的精神。腐败的政府，是不可能有民族凝聚力的，除非大敌当前。

损，便于接纳八方来客。据说当年为此，还进行过全民公决。德国人就是寄人篱下，也只会缩头，不会低头的。

历经了四十年的西德国都，而今还如此这般，真让我感慨，就像十多年前我去延安，站在延河边上，望着宝塔山那样思绪万千。

德国，两次跌入战败的深渊，而且资源匮乏，还受制于人。它能从废墟中爬起来，迅速崛起，几十年内统一走进世界经济第三大强国的行列，其卧薪尝胆的精神就如同于中共早年的崛起。如果说抗战时的美国考察团到延安，从黄土高坡那一排排简陋的窑洞里，能洞察到中国未来的走向，那么今天，我们到波恩，同样能感受到它当年在德国民众中的凝聚力。城里没有高楼，城外不见别墅，更莫说戒备森严的深宫。我不知当年的西德大员们，在这市井人家和田园风光的都市里怎么生活？

能与民同苦的政府，它就是有这错那错，都会得到民众的谅解。不能与民共利而中饱私囊的官员，他就是再改革开放，民众也是痛恨的。一个国家在非常时期，最需要的就是官兵一致同甘共苦的精神。这是为官者最难能的精神，也是最具民族凝聚力的精神。腐败的政府，是不可能有民族凝聚力的，除非大敌当前。

波恩，我不是路过，几乎把你忘了。

写于2010年12月

# 游 美 小 记

## 一、虚惊

去美国，是 9·11 后的第三个年头，那时，他们“防恐”的气氛还很紧张，我们一下飞机，就遇上了麻烦。原因很简单，成都美领馆批准我们进入美国的入港处在洛杉矶，而直接飞到纽约的我们，便成了异动者。

翻译小杨怎么解释，也没用。他们过来的人，把我们带去“特别”通道，一一分开，单独盘问。

我们商务团，一行七人，大都不懂英语，面对问话人，几乎都成了“聋哑”。问话人无奈，只好又把我们带去另一个大厅。

进厅门，我就感觉不对劲。四面的玻墙，明晃晃的，站立在两旁的警察，屁股上都吊露着乌亮的手枪。静坐在里边的人，仿佛都在等候柜台上查询电脑的警察们过堂。

“这是啥鬼地方？”我还没回过神，就见两个戴黄手

不能规范自己行为、缺乏文明素质，尤其像我这样随心所欲的『暴发户』，真正的『自由天堂』，恐怕应该在南非、肯尼亚或者金边。

套的巡警过来，强令我身边的一个黑娃开箱。那接受检查的黑娃，两眼发呆地看着箱里掏出的物品，排放在地铺的塑料薄膜上。皮箱已经空了，尽职的文明警察，还不放手，还掏出了弹簧刀。

闯他妈的鬼，我怎么观光到这里来了？原本无所谓的我们都感到了问题的严重。同行的小姜，说出了他的担心："会不会把我们当恐怖分子？"

我听了想笑。一个本·拉登的基地组织，就把当今世上头号霸主吓得如此杯弓蛇影，这日后的世界，真还说不清到底谁怕谁？

我们进厅门全身都被检查过了，鞋袜脱光，连腰间的皮带都被抽出来了，就差没把手提的裤子脱光。

"自由世界"，是法制国家，哪有人们想象的"连空气都是自由"的。不能规范自己行为、缺乏文明素质，尤其像我这样随心所欲的"暴发户"，真正的"自由天堂"，恐怕应该在南非、肯尼亚或者金边。在那里，遇上这样的麻烦，无须我开口，他们都会暗示我怎么解决的。可在这里，我不敢。

"大陆的。"一个举牌的女警用华语在喊。

堂内除了黑人，有色人，就只有我们是黄种人。小姜上去，脸红筋涨地回来，悄声说："他们在查询我们来美的邀请方，千万记住。"

那公司叫啥？我早忘了，随口说出一个我熟悉的洋名：“是不是香格里拉。”

小姜没敢笑出声，白了我一眼，他像怕别人发现我俩在串供似的，头扭一边。

我明白，这偌大的审视厅，不知暗藏有多少摄像头在窥视我们，而且早就在窥视了。大厅里静得只有脚步声。

小姜上去耽误了好一阵，坐回了原位。而我上去就拿回了自己的护照，那查询电脑的警察连头都没抬。

小姜瞪眼惊异，不知何故。

我也感到奇怪：刚才没进去的团长和翻译小杨，见我出门，还没来得及高兴，竟反被警察请进去了。

等到他们一起出来，我才弄明白。

原来是小姜的手提包出了问题。他提的包是团长的，警察问他包有何物，他不知。警察要他开包检查，上锁的包他又打不开。警察怀疑他是小偷。团长自己前去说明情况，警察仍是摇头。在美国警察看来，自己的包，应该自己提，你的包怎么跑到别人手上去了。

美国警察哪里能懂中国的“国情”——首长的包，从来都是别人拎的。

## 二、高楼所思

登上帝国大厦，撼人的还是城市“森林”。

昨夜逛曼哈顿，走在大街上，能见的天，是一线天，

跟我者，必后于我，学像我者，必死于自己。这是很多学艺的家再明白不过的道理，为什么谈到国，总有些人老想着现存的『拿来』？

一幢高过一幢的大厦，笔直如崖，通天的辉煌。而这时登高，一眼望尽的“森林”，却是看不见地了。

你分不清哪里是克莱斯勒大厦，哪里是洛克菲勒中心……华尔街、百老汇湮没在“森林”里。世界金融中心，仿佛就是延向海河、天边的整个城市。据说，眼前所见，大都还是帝国上世纪 20 年代的旧迹。

我想：那时从“篱笆墙的影子”里走出来的华人，目睹这梦境般的现实，其感受不会亚于 13 世纪马可·波罗见到的杭州。

倒是无知的我，少年时成天填不饱肚皮，还在高喊打倒“纸老虎”。我们从小谁怕过美帝。可为什么到了今天，国力大增的我们，反倒失去了当年的勇气。

大厦之巅，风很大。横跨新泽西州海河上光照的高吊桥，一条又一条，虹影似的牵起我遐想：一个既无主体民族，立国就两百来年，又在一片荒野——整个曼哈顿仅值 24 块美金的土地上，何以横空出世，即便是我们现在把它“妖魔化”，它也算人间奇迹。

我绝非崇美者。我老在想，美国走的是什么强国之路？它无需“光荣革命”，也无需“文艺复兴”，直接就坐了世界头等快车，抢占了世界霸主的地位。

相形之下，有几千年文化历史的我们，进入现代社会，反倒是连路都不会走了。

学日本的明治维新，我们学像没有？

“走俄国人的道路”，不是毛泽东从中国革命的具体实际出发，连第一步都走不通。当年，我们与苏联的分歧，不就是国情不同，不可能照搬照学的分歧。

一个有生命力的国家，就如同一个人。

每个人，都有每个人出生的背景、成长的环境、养成的个性、思维、爱好、习惯等等。也就是说：每个人都是一部精密的机器，“是一个，这个”。我们能研究出别人成功的经验，但谁又能按别人成功的经验复制出自己？这个道理，谁都明白。然而，将其放大，说到国，就理论不清楚了。正如有些人，在现实生活中，叙说起别人的成功，头头是道，可他就是没法把他自己说清楚，更没法在社会这个轴坐标中找到他自身的点以及发展的空间。

国与人、大与小，尽管有不同，但走自己的路，在这一点上应该是相同的。每个国家，都有自己形成的历史格局、传统文化、思维习俗等等。我们能研究总结出一个国家成功的发展史，但我们能照搬照学吗？“拿来”的东西脱离了它的母体，价值还有多大，能融进我们的母体吗？就像一个人，把别人的大脑、心脏，移植在自己身上，血脉通吗，那还是你吗？

百年的教训，足以让我们清醒，与其多夸夸其谈别人，不如多研究些自己，走出一条让别人来研究我们的路，这恐怕才是我们当代人最该做的。

『拿来』的东西脱离了它的母体，价值还有多大，能融进我们的母体吗？就像一个人，把别人的大脑、心脏，移植在自己身上，血脉通吗，那还是你吗？

我们的盛唐，学的是罗马，还是希腊？我们不也成就了世人惊慕的帝国？可那时，又有谁能依样画葫芦，复制出我们那样的帝国？

“走自己的路，让别人去说吧！”成功的人明白这个道理，要想成功的国家也同样该明白。

美国，就是自己走出了一条强国之路的典范。不管它立国之初，走“农业立国”的乌托邦道路，还是以后步入世界潮流，走“工商立国”之路，它都是在实践中自我寻找，走自己的路，把世界先进理念结合他们的具体“国情”，走一条自我完善之路。我们学美国，这是根本。如果它立国之初，亦步亦趋地学英国，能成为世界第二次工业革命和当今科技的领头羊吗？

跟我者，必后于我，学像我者，必死于自己。这是很多学艺的家再明白不过的道理，为什么谈到国，总有些人老想着现存的“拿来”？

双星子大厦是可以“拿来”的，它前年倒塌了，我们来时路过，那里的地面还在清场，看不见的这里，它好像根本就没有存在过。

国体如人体，是拿不来的。国家的国运犹如个人的命运，只能靠自己去把握，把自己的希望寄托在别人身上，是走不出自己的路的。

离开大厦前，我深感欣慰的是：幸亏，在中国改革开放、泾渭合流的浪潮中，我还没头晕到连自己的路都不会走了。

## 三、我们差的是胸怀

在美国首都，瞻仰了华盛顿纪念碑，那是169米高的全城之最。城里四处都能看见。

淡黄色的塔碑，高耸蓝天，碑上没有一个文字。

美国人纪念他们200年前的这位老人，什么都没说，说什么都难以言尽。只要你登上过帝国大厦，途经过他们的乡村，还有他们快速称霸世界的当今，还有未来……一切的一切，不都在告诉你，这位美国开国“国父”的伟大吗？

我敬仰他的伟大，不在于他做了些什么，而在于他做了些什么后的高风亮节。他不以他在“独立战争”中的丰功伟绩，无视“独立宣言”的神圣。他严拒了有人怂恿他建立军政府的主张，还政于民。他以他的崇高威望主导了“联邦宪法”的诞生，并以身作则，给后来的领导者做出了光辉表率。

一个叱咤风云的始主，功成名就后回归乡野，这是何等的胸怀。中外史上，恐怕都很难找到这样的先例。中国人自来希望有个好皇帝，美国人好就好在有了这样一个“好皇帝”。我只能说，这是他们的福气。

美国人不仅敬仰他们的伟人，同时对那些逆潮流而动的历史人物，也没忘记。

我敬仰他的伟大，不在于他做了些什么，而在于他做了些什么后的高风亮节。他不以他在『独立战争』中的丰功伟绩，无视『独立宣言』的神圣。他严拒了有人怂恿他建立军政府的主张，还政于民。他以他的崇高威望主导了『联邦宪法』的诞生，并以身作则，给后来的领导者做出了光辉表率。

我们在国会大厦的阶梯前，见到两个高大的将军铜像，一个是格兰特将军，一个是罗伯特·李将军。这两个南北战争中的生死冤家，不褒不贬地屹立在民主殿堂外。这就是美国对待历史人物的态度。

没有失败者，就不会有胜利者，一场决定美国命运的内战，是由胜负的双方构成的。如果南方失败的李将军不算人物，那么北方的胜利者格兰特将军也不算英雄，因为这是同胞间不该发生也不可避免的战争。有意思的是，南北双方以刀枪相见开始，以相互尊重言和结束。那不置失败者于死地的战争议和场面，恐怕也是别国的史上难以找见的。他们今天谈论起那场战争，也就少了许多政治色彩。

我记得，当初“联邦宪法”的诞生，联邦派和反联邦派之间的论争，可谓势不两立。“联邦宪法”，是美国走向强盛之路的基石。“联邦宪法”的缔造者、奠基人，写进美国历史的，也包括了反联邦派的首领，他们同样被视为建国之初最杰出的人物。

没有反对方，就没有正确方，至少正确方不会正确得那么完善。以人为鉴，世人都懂的道理，世人未必都能做到。

我还记得，美国的第一任国务卿，第二任副总统，第三任总统，独立宣言的起草者——杰斐逊，最早主张的“农业立国”的乌托邦思想，实践证明是错的。历史认识的局限，并没抹杀他最终成为美国至今为止最优秀的四大总统之一。因为他在英国对美国的第二次战争封锁中，清醒地认识到了他的政坛对手“工商立国”的正确，并在总统任期内，不遗余力地把美国的发展方向推向了世界潮流的轨道。

以己为鉴，一个领导者，心中只有国家、人民，才会“王者无私”，才能有如此博大的胸怀。

一个国家，走自己的路，还需要一批有这样胸怀的杰出人物。

美国人有的,我们有吗？

海纳百川,这是美国生生不息的力量源泉。

我敬仰他的伟大，不在于他做了些什么，而在于他做了些什么后的高风亮节。他不以他在『独立战争』中的丰功伟绩，无视『独立宣言』的神圣。他严拒了有人怂恿他建立军政府的主张，还政于民。他以他的崇高威望主导了『联邦宪法』的诞生，并以身作则，给后来的领导者做出了光辉表率。

# 忆肖先生

肖国良先生去世多年了。他生前是重庆南开中学的语文教师，不算名人，他的诸多弟子，大约也无名人，不像某些名师那样，逝后有众多弟子撰文悼念以叨光，也不像某些拥有名徒的先生那样，逝后得到格外的殊荣。

记得，送他进殡仪馆的那天，他的许多学生去了，远的、近的，相识的、不相识的；花圈、默哀、鞠躬，止不住的泪水。普通的学生，悼念平凡的师长，他们那片怀念的真情，就只能默默地写在心里。

我最后见到先生，是离校多年后的八九年秋天，他携师母来乐山朝佛，我恰好又在乐山市文管局负责。为尽弟子之意，我陪伴他游历了峨眉山、乐山大佛、三苏祠，还安排他小住大佛寺的南楼宾馆。

那时，我已过“而立之年”，先生见我仍不醒世，在单位上说话做事少顾忌，临别时再三叮嘱我：立身行事，要外圆内方。

他的诸多弟子，大约也无名人，不像某些名师那样，逝后有众多弟子撰文悼念以叨光，也不像某些拥有名徒的先生那样，逝后得到格外的殊荣。

这大约是先生一生磨难，悟到的人生真谛。而当时，年少气盛的我，哪能做到？现在回想起来，就我所知道的先生，其实，他又何尝做到过。

先生施教于我，是“文革”年间，给我印象最深的是：他身着对襟袄，脖甩长围巾，左手端杯，右手提瓶，踏上讲台，开口就问学生，上堂课他讲到哪里了？他仿佛从来不备课，讲到哪里黑，就在哪里歇。那种流浪汉似的教学方法，校方多有微词，也招致个别学监的不满，而他却充耳不闻，依然如故。

那时，我们读的课文，多是大批判文章，少有古典、鲁迅文学作品。他对那些当时学生都不感兴趣的时髦文章，从始至终都是敷衍了事。倘遇校方来人旁听，或遇其他学校的老师前来观摩教学，他竟会采用更时髦的教学方法，而且是毫不犹豫地把学生抽上讲台，让学生给学生鬼扯。美其名曰：学生上讲台，老师接受再教育。

然而，一旦讲到课本中的古典文学作品，他的声调，他的神情，马上就脱现出固有的学者风采。记得他给我们讲《廉颇与蔺相如传》，竟用了一个课时来讲和氏璧的得来。

“大王，这真的是宝啊！”卞和含着血泪的呐喊，从肖先生口中喷出。肖先生眼眶里的泪花都在闪动。

在那“人妖颠倒是非淆”的年代，他不可能很好地教我们做文，却潜移默化地育我们做人：在那指鹿为马的年代，教学生内外都圆，不是最好的吗？可他教会我们的，却是外方。

那时，我们课外几乎无书可读。一天，我捧了本《反杜林论》，坐在校内林荫草坪上瞎翻，被路过的他碰见了。先生很茫然，把我带去他家，找了本《哲学常识》给我，没对我说一句话。我脑里现有的一点思辨意识，就是从这本书启蒙的。《反杜林论》，我至今读不懂，我敢说：就是现在大学里的哲学教授，恐怕也没有几个能读懂的。我至今不明，为什么那时伟大的导师要倡导全国人民都去读。

先生借给我读过的书不少，书中的世界都是我无知的世界，书中的人物都是我不可捉摸的人物。我在书中结识了高老头、于勒……才知道这世上的作家，除了金敬迈、浩然，还有品味比他们不知高出多少的巴尔扎克、莫泊桑、契诃夫……尽管那时我对世界名著的认知十分肤浅，但白纸一张的大脑，从此染上的就不尽是红色了。而今，我还能大段大段地背诵《陈情表》、《归去来兮》、《滕王阁序》，全得力于先生那时的课外指导。现在只要我随口冒出这些古典名作的章句，眼前总会浮现先生教化我的身影。记得先生那时常说："读书破万卷"，关键在"破"字；烂熟于心，才能破。其实，人生社会又何尝不是如此。只是这部大书太难读，先生很难读懂，更难读破；就是他想求甚解，怕也甚解不易求；即使他求到了甚解，行事中也肯定做不到。秉性使然。

先生厚爱于我，对我的恩泽，我是终身难忘的。那时，我家庭贫困，无力缴纳最后一期学费，不知是先生替我交的，还是他请求学校免的。高中毕业后，先生在母校给我谋了份代课的职业，月薪十二元，这于当时，闲荡在家、等候下乡、心绪不定的我，已是很大的安慰。记得上讲台的头天晚上，先生把我叫去他家，亲自给我备课。我心里明白：先生是不愿让同校的其他教师小视肖国良的学生。先生太好脸面了。大凡性格刚烈、好脸面的文人，都不可能做到外圆内方，也很难经受住社会长期的煎熬。

魂兮归去，先生过早地去了另一个世界。我不知道，在那个世界里，立身行事，是方好，还是圆好。不过，我在现实中却醒世了，在峨眉山下，乐山大佛之侧，建造了一个大型佛像群——东方佛都。让众佛来超度先生不安的亡灵吧！

先生，我真想到你墓前，悄悄告诉您，我圆了、圆了。

发表于一九九六年教师节《四川日报》

记得先生那时常说：『读书破万卷』，关键在『破』字；烂熟于心，才能破。其实，人生社会又何尝不是如此。只是这部大书太难读，先生很难读懂，更难读破；就是他想求甚解，怕也甚解不易求；即使他求到了甚解，行事中也肯定做不到。秉性使然。

# 奇遇的“婚礼”

那是去张家界的第二天，在古木浓荫的山麓间，在杏黄旗高扬的山寨里。

那山寨，依山而卧，远远望去，就像盘踞山林的瓦岗寨。

还没走拢，高墙里边就锣敲鼓擂，幽空震荡，声声激越，好像在催我前去聚义。我打听得知，那是当地望族的一个老寨，便随游人购票进入，穿荫过林，来到池边，才见湖的对面，彩旗飘扬的回廊里，有人在比武演艺。

骄阳似火的大热天，刀剑悬挂的擂台上，一个黄衫短打的老者，手玩几把飞刀，抛接绣球似的，面向回廊里的观众正在杂耍。起初，刀起刀落，还能分辨，随着廊里爆出的喝彩声，他掌上腾挪的刀影，很快就旋成了一道光环。他面带诡笑，下台绕场行走，还不时变换方位，故意逗吓廊边近瞧的观众。他那如意的身手，我怀疑是在耍徒手魔术，可他驻足收刀，连连飞掷擂台木靶的手风，又干净利索。

接着，是赛爬刀梯。两个身穿裤衩的壮士，在白衣门徒的护卫下来到竖立的梯前。刀刃朝上扎搭的刀梯，寒光闪闪。他俩悬挂在上面，就像钉在了井架上；光裸的脊背，油汗直冒，缓捞的手臂，蜗牛触须似地蠕动。赛场内外，顿生寒气，一片死寂。

突然，廊内惊呼爆起，急促的鼓锣再次敲响时，飞撒的钱币，就像落英缤纷。

如此的文化“创收”，真让我大开眼界。

我绕过池畔，来到大宅门前，恭迎我的土家族姑娘，衣裙飘飞，体态又是那般的轻柔。她们手捧自酿的米酒，邀我交杯相饮。宾至如归的温馨，使我瞬间感到：男人彪悍的民族，女人是最温柔的。昨晚我留宿山野，直呼旅店服务员为小姐，她矫正我的细语却月光般温柔：“您该唤我阿妹。”

山里人有山里人的蛮悍，曾国藩当年在大山里招募湘勇，着眼的是易于洗脑后的神勇。山里人也有山里人的淳朴，陶渊明把人类大同理想梦托于武陵桃源，着眼的是与世隔绝的民风。而我来这里，为的是圆少年时读《桃花源记》的旧梦。

这里仿佛只有旧貌，已经没有了我的梦。

我走进大宅院的厢房，闻到的是老屋的陈香，看见

我绕过池畔，来到大宅门前，恭迎我的土家族姑娘，衣裙飘飞，体态又是那般的轻柔。她们手捧自酿的米酒，邀我交杯相饮。宾至如归的温馨，使我瞬间感到：男人彪悍的民族，女人是最温柔的。

的是过道两旁存列的旧物——雕花踏板木床、织布机杼、弹棉弓、榨油作坊……

我手抚竹台上摆放的圆口布鞋，身边就有姑娘走来，问我要不要湘绣。我望过玻柜里叠放的手工艺品，又有姑娘走来，问我请不请看相的大师，说这里的相师能行尸走肉，那边还有他施法“赶尸”的图片。她们过分的热情，反使我生疑。当我发现那些陈列的旧物，都是推销柜里商品的摆设，是些挂羊头卖狗肉的道具时，我心中湘西姑娘的清纯已被玷污。我甚至开始怀疑起她们那身土著装束的真伪来，因为她们还在向我推销蛊药。蛊药，是旧时土家族姑娘自制的操控负情郎君的蒙汗药。我不知她们把蛊药推销给我，我拿来干什么？我仿佛感觉，游人一踏进这山寨，都像吃了蛊药，稀里糊涂地在向外掏钱。如果说廊坝上，鼓噪游人扔钱的，还算硬功夫；那么，在这阴气弥漫的老宅里，鬼使游人掏包的，却是软实力。

当然，最霸道的，还是奇遇的“婚礼”，那是进入正房的高堂。

两个彩女在堂中挥槌击鼓，腰束的大红飘带，随鼓点的激荡张扬飞舞。招亲的唢呐声，把游客迎进了大红灯笼高高挂的观众席间。我刚落座，相亲就开始了。

十来个土家族装束的湘西姑娘，手旋绣帽，溜着久经历练的“慧眼”，在观众席间寻夫。躲闪不及的我，被一个胖姑娘相中，硬拉了出来，与十数对男女，同时踏上了堂内摆放的圆木盘。

仅够四脚踩踏的盘面，双双搂腰抱肩上去，刚立稳，圆盘就开始旋转。鼓锣声中，摇晃的我，紧抱着那身肥肉，生怕放飞。堂内掌声大作，狂笑不已。我几次想退场，都被胖姑娘箍住。她一点不诧地唇吻我耳，轻声问：“高就何职？”

我答：“无职。”

又问：“从事何业？”

我答：“无业。”

她下意识地松手，我的惊吓，她一点不顾及。她失望得就像快要嫁给一个贫雇农，背我去洞房都很勉强。

那比山洞还黑的洞房里，老式床沿又多出了一个浑身嫣红的瘦影。胖姑娘放下我，使劲推我靠近。我打量过那头罩面巾、坐在床边干号的哭娘，有些迟疑，不知她俩还要玩什么花招？

坐床的哭娘等烦了，干脆自揭盖头巾，露出一副无泪的媚态。她要我先谢媒人，我递给胖姑娘一张百元大票。新娘说不够，我又扔去床上一张，惊喜过望的胖姑娘，还抖摆着长伸的手掌，见我不肯再扔，马上又变脸要我给新娘下聘礼。我无奈地又扔去床上两张。胖姑娘还盯住我的口袋，仍说不够。她俩互为说客，贪婪地笑看着我扔钱，就像当年湘西土匪拉到了“大肥猪”那样

山里人有山里人的蛮悍，曾国藩当年在大山里招募湘勇，着眼的是易于洗脑后的神勇。山里人也有山里人的淳朴，陶渊明把人类大同理想梦托于武陵桃源，着眼的是与世隔绝的民风。

痛快。

假戏真做到这个份上，我愤而掷帽，拔腿就跑。“二凤”拦腰抱扯，真的要抢。我气得大声高叫：“抢新郎啰！”

奔出门外，见比我早逃出的新郎官们都在那里笑骂：“这是不是《水浒》里的祝家庄？要不，就是孙二娘开的人肉店。”

古老的山寨，你实在不该如此荒唐。我千里来寻桃源，寻的是，远去的梦；找的是，异化的归途，而不是如今大都市里都少见的“奇遇”。

发表于《四川文学》2011 年 11 期“远去的梦”一文中的选节，本文有改动

# 奇异的日出

海上日出，我见过多次，印象最深的，还是在马尔代夫的魔葫岛。

那天，我醒来很早，在暗灯引道的夜色里，顺着海上栈桥，走去海里的一个平台。

黎明前的海面，能见的，只有闪烁的航标灯；能听到的，只有台缘回击的水荡和风扬的衣摆。

天空笼罩的乌云，一下撕裂了，乌絮间透出的银光，在黝黑的海面，划现了一条若明若暗的水路。絮影中游出的弯月和启明星，是撕裂天幕的巨手。明亮的清光，把裂变的乌云徐徐推开，推远。净空亮出了一片阴蓝。

皎洁的月光，吞噬着海面的黑影，把最后的温柔送给了我，又去天的那边，追赶我故乡的黑夜。

天亮了。

栈桥两边的木屋，有了光束；起伏的早潮，玩弄起沙滩。绿波似的水面把我的视野拓开，草原般辽阔的尽

天空笼罩的乌云，一下撕裂了，乌絮间透出的银光，在黝黑的海面，划现了一条若明若暗的水路。絮影中游出的弯月和启明星，是撕裂天幕的巨手。明亮的清光，把裂变的乌云徐徐推开，推远。净空亮出了一片阴蓝。

头，是水烟白茫的一片，你分不清哪是天，哪是海。

最早醒来的游鱼开始了追逐。海鸟在晨风中逐波，来了又去。海天的那边，白茫茫的那片，现出了一个幻影的水幕世界。

巍峨的群山，起伏连绵。潮涌的雪浪，气势吞山。

水幕中的山岚，在光亮中淡化，越发清晰地透现出神山琼阁，缭绕其间的紫烟，靓若回天的仙气。

一只硕大的黑鹰屹立在山巅，俯视着群山的变幻，那欲展的羽翼，在折光中，金钩铁画。很快，它自己也变形成了一只无翼受惊的紫兽。

群峰之上，飘起了五彩云霞；翔来的金凤，摇身变成了仙女。她那善舞的长袖，凌空点化。水幕中的仙山，瞬间呈现出了一座座鎏金的象鼻崖、飞龙峰、虎头岩……还有沟壑里，奔跑的金鹿、银豹……

万花筒似的魔镜，看得我不知日出何处。一会儿，这边金光四射，一会儿，那边光耀夺目。我左顾右盼，可仍忘不了天象的常识——海上日出，必出于海面，尽管海平面的尽头，是一片灰暗。

可惜，这天的日出，没有光亮，也没有出于海面，它什么时候露脸的，我一点没有感觉。当我看见它时，它就像一只橘色的热气球，高悬于海面幻影的两峰之间，无光不亮地冉冉升起，两峰间的山坳反映得通红，红得就像喷发了火山。横流的熔浆，把琼阁在烈火中冶炼；燃烧的山林，窜出的金猪、赤熊，在浓烟中狂奔。

朝阳升起的时候，翡翠般绿莹的海面，已经变蓝，蓝得与晨天一色。灼亮的珊瑚海，耀起了与蓝天一样的异彩。

这时，水幕消逝、波光相连的那边，升高的朝阳，与我多次见过的日出于海面的朝阳，没有什么两样了。

发表于《青年作家》2012 年 12 期

写于 2011 年 6 月

天空笼罩的乌云，一下撕裂了，乌絮间透出的银光，在黝黑的海面，划现了一条若明若暗的水路。絮影中游出的弯月和启明星，是撕裂天幕的巨手。明亮的清光，把裂变的乌云徐徐推开，推远。净空亮出了一片阴蓝。

# 东方佛都

我听说，乐山大佛背负的凌云九峰，是宋末抗元的古战场：三龟九顶城。据说，当年那里酣战厮杀的壮烈场面，仅次于合州的钓鱼城。很久以来，我都想前去寻找那灰飞烟灭，也许根本不存在了的遗址；还想去叨几分古嘉州人不畏强暴、临死不降的豪气。

深秋时节，我偷闲来到乐山。

拜过千年乐山大佛，顺着后山的浓荫小径，四处寻觅我那一腔怀古幽情。

这里已是古木参天，满目苍翠，已经嗅不到一丝金戈铁钺的血腥。不知何年，乐山人把这片密林小径延伸得这么深邃。

踏着瑟风卷落的秋叶、林荫筛漏的星点阳光，爬上山顶，恍若误入了琼林阆苑。阴山背面，俯收眼底的，是一片霜叶红黄、桂花飘香的净地；是高低错落、隐显宛露的大片石刻佛像群。

顺坡下至一个佛湾，仰视那群峰怀抱中的一尊尊端庄的立佛、坐佛。眼景真似我心。

一排长长的陡梯，通向高高在上的峰峦，陡梯间石刻的“连心山”三个大字，夺目醒眼。

作者 2012 年春节于乐山“东方佛都”

我忙问旁边询问处的姑娘：“这是何人所书？”她答：“苏东坡，嘉州的苏东坡。”

“东坡老人曾来过这里？”我的几分惊讶换来了她的几分自豪：“东坡老人与其妻王弗小住过这里，他的《江城子》，缅怀的就是他与王弗小住这里的恩爱。”

我不知是史料有误，还是她的知识比我渊博。她还对我说：“唐代的凌云九峰，峰各有寺。那时，这里的香火，闻名天下。可惜，抗元的战火，把一切都毁灭



这里清新的气场，这里松声竹韵的禅味，都让我悟到了出家人藏身深山而不感寂寞的三昧。我来乐山，没有寻到旧时的古战场，反使我欣慰，因为我见到一个今人尚不多知的仙境胜地——东方佛都。

了。”

我这时才知，我要寻找的抗元古战场，原来在这里。

不知是神灵庇护，还是这片灵地的不容触犯，古嘉州人竟然在这几座连绵的秀峰中坚持了十数年的英勇抗元。历史的战火毁去了一切，嘉州的史料上，还清清楚楚地记载着这段历史。乐山人没有像合州人那样，去恢复抗元的古战场，而是把冥冥中庇护过他们的神灵，按原貌加以了恢复。

现在的乐山人，还执迷那古老的传说，他们坚信，他们的祖先，肯定有神明保佑，不然，攻无不克的元军，怎么会唯独铲不平这弹丸之地？

我狐疑地走近“连心山”，一百七十三级石阶。那钢柱铁链上，悬挂着密麻锃亮的铜锁。我伸手垫瞧，见是五年前，来此求佛留名的精神寄托。

“这灵吗？”我问还在给游人挂锁的出家人。出家人单手作揖，喃喃低吟：“阿弥陀佛，信则灵。不灵，为什么这里挂了那么多锁？”我又问：“东坡老人也信？”他指天又说：“空中有一团飘不散的祥云，东坡老人看得见，可惜，你看不见。”

我想，当年慓悍的蒙古人，打不进这里，是不是这里有天顶的祥云？而今这么多人来此朝拜，是不是也想叨这片祥云的瑞气？只怪我肉眼凡胎，窥不见天籁之物，但我还是为日后的平安、长寿，虔诚地挂上了一把锁。

出家人见我还有皈依的缘分，又手指山湾的一条林道，说：“你该去那边的万佛洞里净身。”

这里的花卉草木，仿佛都散发出天香神气。青青翠竹，无非法身，郁郁黄花，总是般若。行在其间，飘飘欲仙。

进入万佛洞，我顿觉佛光环照。

“这洞有多大？”我问洞中的出家人。他说：“你见到的就这么大，你见不到的，我也不知道有多大！”他又说：“这佛身背后的山里，全是汉代的崖墓，里面没见天的洞穴，可谓纵横交错。”

难怪，古嘉州人能在这里坚持抗元十几年。他们坚守在这些未见天日的洞穴里，是不是“朝饮木兰之坠露，夕餐秋菊之落英”？最后与神灵一起仙去？洞中那一束束烟熏火燎的焚香、那一条条转运的经幡，令人思古怀旧，由不得我不受身边佛光仙气的感染，由不得我不顶礼膜拜。

我走出万佛洞，又进密宗洞，听说山上还有数不清的洞穴。究竟还有多少，那都无关紧要了，关键是这里清新的气场，这里松声竹韵的禅味，都让我悟到了出家人藏身深山而不感寂寞的三昧。

我漫步浏览过百米佛像的故事长廊、东南亚佛群，观过云冈、龙门、敦煌大坐佛，还有刘开渠先生一生雕琢的唯一佛像的“最后庄严”（赵朴初语）；走过清溪上的佛桥，回首远望，那横卧山崖上的一百七十米长的东

『东坡老人曾来过这里？』我的几分**惊讶**换来了她的几分**自豪**：『东坡老人与其妻王弗小住过这里，他的《江城子》，**缅怀**的就是他与王弗小住这里的恩爱。』

方巨型睡佛，在山林的绿色袈裟中天然覆盖，安祥涅槃，其气势之宏大。

我为嘉州古人抗元的无畏而惊叹，又为现代乐山人再现汉唐的佛像神韵而倾倒。

当我迈出大门，抬头仰见高大的门楣上“东方佛都”四个金灿灿的大字，才恍然醒悟，我到了何处。据说这四个大字是刘开渠先生生前的绝笔，同时还听说，开渠先生和王克庆大师都是该佛都再现的艺术顾问。难怪乐山人把这片祥云下、山林里的佛像群复原得这么精美。

我来乐山，没寻到旧时的古战场，反使我欣慰，因为我见到一个今人尚不多知的仙境胜地——东方佛都。

发表于《四川文学》2001年9期，笔名：庆彬

# 2

# 小说

# 尤 科 长

## 一

天蒙蒙亮，他就溜进了属于他的窄厨，春夏秋冬，日复一日，他都这么守时，耷拉的头里，就像镶进了定时闹钟。老尤弯曲的身影，跳起锅边舞来，手脚还那般轻盈，生怕碰响了什么，惊醒了还在熟睡的妻女。

新米熬的粥，又稠又香。老坛泡的仔姜，油沙地里的，进口比雪梨化渣。煮熟的咸鸭蛋，省了他自己的，这已成了习惯。两年前的端午，他老婆买回两个糯米粽，他馋食了一个，那比他还丑、比他老婆还怪的女儿，唬起脸吼道："你要吃，就得有本事自己去买回来。"

他还真没这本事。他清水般透明的月薪，每月上缴老婆后，就余几个菜钱。他最大的本事，就是在家替老婆当牛，为女儿做马，百依百顺地劳作。

母女起床了，正在梳洗。他把粥盛进了碗里，还立候在桌边，细细琢磨。没有什么尽心不够的了，就差给老婆喂饭了，干巴巴的灰脸才掠过一丝笑影。

“讨厌，又是老三篇。”望着桌面的稀饭、馒头、咸菜，装束时髦的丑女就开嚷。

牛高马大、宽脸横肉的老婆，叉腰在旁，摆出挑剔的神态，又无碴可找，一掌拍去女儿的肩头：“走，我们出去吃早点。”

老婆昂头甩发走了。丑女面对发愣的父亲做了个鬼脸，也甩门走了。

沮丧的他，就像被拳师打厌的沙袋，默默地摇晃着头，走进了不属于他的卧室，替妻女整理起床褥。

## 二

朝霞，染红了喧闹的东大街，也映亮了他青灰的瘦脸。无精打采的他，徒步朝市文化局办公楼走去。

“尤科长，早哇。”迎面问候的粗壮男子，是旧时的同学张洪。这山东大汉的后裔，多年不见，嗓音还有他南下老爹做官时的洪亮，只是纨绔的派头没有了。

“嗯。”尤科长抬头，鼻孔哼响的粗气，足可推倒一堵墙，算是回答。

要在过去，老尤邂逅张公子，年轻的脸会笑烂的。那时，朋友相聚，他最爱瞎吹的就是张洪的老爸——市委张书记。不管别人爱不爱听，他都会把张书记在官场

故弄玄虚，是小人物渴望引人注目的本能。他大约敏感到久违了的同学有事求他，怕牛皮吹翻了天，收不住口，斜瞄了眼过时公子，便掉头而去。

里的威风，吹得活灵活现。如果有人质疑，他都会抬出张洪来佐证。好像张书记的儿子私下里与他是再铁不过的哥们。其实，当年的张公子，压根就没把他看上眼，只有拉夫派差时，才想起这个随唤随到的"听用"。而今，世道变了，市委换朝几代，张书记早成过眼烟云，遗下的多是骂名。他哪里还有精神去理会这没落的旧时公子。

"听说，市文化局要给卡拉OK厅的歌手重新颁证，是真的吗？"张洪拦住他硬要打听。

"你也听说了？"尤科长眼皮朝上一翻，黑眼仁瞟向了额顶，"你可能还不知道吧？不再颁证的，一律禁唱，"他卖弄地竖起食指，朝天一戳，"这是中央规定的。"

故弄玄虚，是小人物渴望引人注目的本能。他大约敏感到久违了的同学有事求他，怕牛皮吹翻了天，收不住口，斜瞄了眼过时公子，便掉头而去。

三

"老尤，把这材料改一下，"市文化局社文科的刘科长，高挑细长，居高临下地在发话。

"老尤，你赶快把卡拉OK厅演唱人员的报名表拿上楼来。"办公室金干事在电话里吩咐。

老尤在世面上冒科长，他喜欢别人这么称呼他。有时下区县，在陌生的比他还低微的一些人面前，他也常自称：本科长。若这时有不醒世的青年问：“你科的刘科长退休了？他年龄并不大呀！”他会毫不脸红地说：“他也是科长，跟我一个级别。”

其实，市文化局社文科就只有他与刘科长两人，倘论级别，真还是半斤对八两。若讲实际，他不过是刘科长眼里的一碟小菜。他自炫的官冕，前面应该加副，后面不能加长，准确地说，是副科级的主办科员。这怎么好称呼呢？尤副科主办科员。这算什么东西？

他在外面绷起与刘科长平起平坐，可走拢办公室就跟回到家一样，自然懂事了。他一会儿抢接电话，一会儿给刘科长泡茶。那翘起二郎腿，斜靠在藤圈椅上，懒洋洋地看着他忙碌的科长，给他最大的回报，就是扔去一枝三五牌香烟。

“老刘，龙舟会组织得怎样了？”一个发福的中年男子迈进了室内，那目中无人的派头，无疑是这幢楼的主宰。

刘科长刚应答，老尤就从与刘科长办公室通连的隔壁里间迎出：“王局长好。”他又是躬身请安，又是搬椅伺候。王局长还没落座，突然想起了什么，对恭候身边的老尤，指令道：“你把李市长的电话，马上给我拨通。”

电话通了，老尤屈身把话筒递过去。那话筒分离座机过远，他嫌侍候不到家，马上又捧起座机，抬挪过去，谁知，动作甩大了，无意间触动了挂断的键钮。

『我……我……』马屁拍过头了，这是对局长的不恭，更是局长对市长的不敬。老尤哭丧着脸，想解释，不够格；想道歉，不够份。

“喂，喂！”王局长放开亮嗓在干喊，没回音。

这还了得。局长砰地猛扣话筒，震得躬背龙虾连连后跳。

“我……我……”马屁拍过头了，这是对局长的不恭，更是局长对市长的不敬。老尤哭丧着脸，想解释，不够格；想道歉，不够份。

“你，你，”王局长唾沫飞溅，点击的食指像无形的钢针，戳向他那涨红的虾头，“你存心捣乱是不是，嗯，看不出来呀！平时老实巴交的，搞起名堂来，一套是一套。嗯！我哪点对你不起，快退休的人了，还破格重用，提拔你当副主办科员，跟你科长一个级别。你还不知足，还想怎样，啊！”

局长拍桌而去，一连串的尾音，满室回响。.

可怜的老尤，就像一只温顺的老狗，喜逢主人，摇尾轻叫，吻脏了主人的裤腿，挨了一脚头，还不知祸起何处。

刘科长并不是很瞧得起这位局长新贵，尤其是把倒霉的老尤与他相提并论，无疑是在贬斥他。他不满的情绪自然转化成对下属的同情，刚想宽慰老尤，机灵鬼小金，这时兴冲冲地闯了进来。

“刘大人，市委马书记要你把龙舟会的活动安排好。”他边说边挤眉眨眼，“书记刚才在电话里把你叫成刘局长了，恭喜呀！”

“胡说。”刘科长发亮的刀削脸，佯装愠怒。

“真的，马书记是这样说的：请转告你们的刘局长，龙舟会不能砸锅。局里抓龙舟会的领导，除了你，没姓刘的呀！哦，对了，王局长吩咐你赶快把全市卡拉 OK 厅的歌手，再通考一次，每人收费 100 元，全局后半年的奖金，就全靠你老人家了。”

刀削脸的精神来了，袖头一挽，想统揽大干。可小金那张已经开始巴结的笑脸，又让他迟疑。他拧过的眉头，朝上一扬，便果断吩咐道：

“老尤，你去负责完成王局长交办的任务，反正报名收钱，越多越好。”

祸兮福兮，转眼间，喜从天降。呆坐在长藤椅上，还没回过神来的老尤，突然像注入了吗啡，唰地跃起，双脚并拢，前恭后翘，学着电影里出征的战士，给营长甩了个庄严的军礼。

四

晚霞映亮了尤科长额头渗出的汗珠。他怀抱一箱矿泉水，沉甸甸的，粗气直喘，拢家门，邻居惊问：“买的啥好东西，这么沉？”

“别人送的。”他不无得意地翻眼炫耀。大官收贿赂，唯恐外人窥见，他收的是水，却生怕旁人不知。

隔壁厨房里的油锅，响起了炒菜声。三顿饭煮得比

他怀抱一箱矿泉水，沉甸甸的，粗气直喘，拢家门，邻居惊问：『买的啥好东西，这么沉？』『别人送的。』他不无得意地翻眼炫耀。大官收贿赂，唯恐外人窥见，他收的是水，却生怕旁人不知。

谁家都准时的老尤，这时还没生火。他自泡一壶酽茶，翘起二郎腿，仰坐在藤椅上，不慌不忙地品茶，还哼起了川戏。难得的悠闲，总算过上了人样的日子。

丑女上场了，短衫长裤，腰挂BP机，进门就嚷："饭呢？菜呢？还没弄好？"咋呼得像只山雀。

老尤翻露死鱼白眼，不认识似的，高翘的二郎腿继续点打着口哼的节拍。

"你聋了，"人小鬼大的丑女，大吼一声，见震不醒迷迷腾腾的老朽，又亮出王牌，"老妈要拢屋了。"

"借花来把老佛献，我深知……"他还在哼。

丑女跺脚瞪眼："你深知讨打。"

电话铃响了，多么诱人的铃声，要在往常，老尤会知趣地回避，那全是找他老婆的。今天，是找他的，盼望已久的电话，是找他的，他心里再明白不过了。

"嗯，哪里？"他学着王局长的派头，在丑女面前耍起了派头，"啊，请吃饭，不用了吧。一定，赏脸，那行呀！本科长就赏你这个脸。三人，只有三人。"他语气很勉强，血液却上涌，扣上话筒，他忍不住放声大笑。那压抑多年而释放出的笑声，近似于歇斯底里。

宽脸婆进门，瞧见老公这副模样，还以为他患了羊癫疯。丑女不明就里的告状，更气得她两眼冒烟。她把肩挎的猪皮提包，硬邦邦地掷在沙发上，手袖一挽，自嘲道：

“老娘今天亲自下厨，来侍候尤大科长。”

“哎呀，夫人，”他惊跳起来，还在背川戏台词，“这不是折煞我也。”他摆出的滑稽手势，学的也是川戏小丑：

“夫人，有请，小洞天火锅，今天朋友要我赏脸，我没法回拒。”他把“我”字说得又响又亮，分得明明白白。今天是请“我”的，“我”包括了你们。

这真是稀奇！他还有慷慨解囊的朋友，请他进小洞天？宽脸婆惊疑地睁大眼睛，这才发现，头发梳抹得油亮的老公，今天已经披上了化纤风衣。若无喜庆，他是断然不敢翻出这套行头的。她不能不信了。

走上熙攘的大街。丈夫那还能挺直的胸背，像支撑了钢架，昂首的神气，简直就是这座城市的主宰。满街的车辆、大厦、行人都不在他的视野里。她暗自惊诧：莫非，衙门里的委任状今天发错了。

酒醉饭饱，步出小洞天。她明白了这是短暂的荣耀，当然更得珍惜。老公要去巡视卡拉 OK 厅，几家请过客的歌厅老板左右簇拥。夫贵妻荣，她总算尝到了做官太太的滋味。丑女更是欢天喜地，蓦觉天高地阔，要过她老妈的手机，不歇地敲打。她是在邀约她熟识的社会混仔，是想让那些瞧不起她家底的人，今天来见识一下她老爸的风光。

要开心，上宝兴。宝兴舞厅是这座小城少男少女群

走上熙攘的大街。丈夫那还能挺直的胸背，像支撑了钢架，昂首的神气，简直就是这座城市的主宰。满街的车辆、大厦、行人都不在他的视野里。她暗自惊诧：莫非，衙门里的委任状今天发错了。

逐的场所。尤科长威风凛凛，进厅门，有意将风衣领口朝上一牵，衣角刮起了旋风。他甩的是正方步，迈过彩光迷幻、地面溜滑的舞池，刚落坐在头排沙发上，水果、清茶，还有糕点，就朝贡似的奉献于他膝前的茶几。最甩派的，莫过于尤科长接烟，用的不是他那双勤劳的手，而是嘴，叼在嘴角，又像忘了点火似的。还是宝兴舞厅那冬瓜一样粗泡、猴一般精灵的老板，皱起眉头给他燃上。

“这里的通风不好哇？要注意防火，嗯。”尤科长爽心地吸着饱烟，喷出一片浓浓的烟雾，那官腔是学会已久，多年无用武之地，刚发掘出来的怪腔，“这卫生，嗯，还有……啊！要注意……”

几个老板面面相觑，像在听三句半，后半句是要听者自补或自悟的。

真他妈的见鬼，老板们不知道到来的是消防队的官员，还是卫生局的老爷，他们的心都在滴血。这年头，不知从哪里冒出了这么多身穿制服、头戴盘盘帽的团伙，连颜色他们都分不清了，无一不是执法的，哪一溜子也甭惹，花钱消灾。

“喂，”尤科长见几个老板目光走神，尤其是冬瓜老板，这无疑是小视他的权威，便仰头颐指道，“你，有几个歌手？”

“三个，都是省城请来的一流货。”冬瓜老板委身做出的媚态，尤科长最熟悉，此时又是最爽见的。可冬瓜老板的自夸，又惹他生气：“我只问你有几个，是几流货，得由我来评，不是随你说。”

“当然，当然。”冬瓜老板圆滑的光头连连应点。

“我要见识见识。”尤大爷发话了。

舞池所有的彩灯刷亮，鼓号琴弦之声奏响。两女一男依次登台，唱的尽是港台歌曲。男的嗲声嗲气，女的袒胸露腿。

尤科长正襟危坐，面无表情。他不敢窥女，顺口夸男：

“男的入味。”

“女的够份。”横肉婆有意较劲。

“对，对，男的入味，女的够份，我就说嘛，全是一流货。”冬瓜老板高兴得像和了大满贯。

“男的是人妖。”宽脸婆反咬一口。

“他进入了感情。”尤科长不愿让外人看出他惧内的俗相，加之今晚他是主角，又喝了酒，顺口顶了一句。

“我看你就像那非男非女的人妖，差的就是感情。”宽脸婆勃然大怒。老公在她面前顺从惯了，今天拿脸，也不能削弱她的权威。她唬地起身，风风火火地冲过情侣相搂、彩光迷幻的舞池，奔向厅门。丑女正在舞池里扭迪斯科，一曲未罢，见老母怒去，丧气地对着还坐在那里装神，已经不再风光的老爸，吐了吐舌，追撵而去。

尤科长爽心地吸着饱烟，喷出一片浓浓的烟雾，那官腔是学会已久，多年无用武之地，刚发掘出来的怪腔，『这卫生，嗯，还有……啊！要注意……』

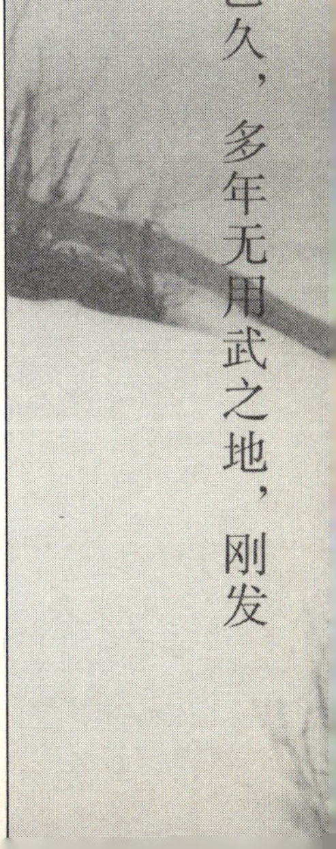

尤科长缓缓起身，没忘的是，动步前仍将风衣领口牵起一抖，莫名其妙地对冬瓜老板甩下一句："明天面试，只录两名。"

## 五

龙舟会，锣鼓喧天，彩旗招展。两岸如潮的观众，随岷江浪遏的飞舟一起腾涌。

一个个只穿裤衩背心，条肌油亮的彪汉，在水中猫腰劲划。飞舟尾部迎风招展的小旗虽署明××局，可舟上的人，一点官气不沾。据说都是用重金募来的农友，已在沿江粪船上操练了半月。花钱的人图名；卖力的人图利；领奖的人在岸台上助威；收钱的人在水中玩命。吼声连天，好不闹热。

嘉州宾馆，临江而耸，是全城最豪华的宾馆。三楼会议厅的落地玻窗里，可以清晰地看见江中的闹剧。不过，这里满座的人对窗外并无兴趣。他们正在上演另一幕喜剧：卡拉 OK 厅的歌手颁证面试。

主持人在喊号，歌手凭号上场，评委在打分亮牌。主审官尤科长身正大位，满面春风。他看惯了别人的脸色，今天是别人来看他的脸色。媳妇成婆，好不威风。

一张叠得四楞上线的纸条传送了过来，顺着来路，他看清了暗示他拆看纸条的那张鬼脸，又是张洪。这过时公子，当年呼他如老子唤儿，而今，风水轮流转，过时公子早年的神气跑到他的脸上来了，哪有不还以颜色的。他想扔掉纸条，可又怕扔掉的是宴请，于是，故作姿态，慢慢将其拆散，不看则罢，一看，他两眼火冒，恨不得把那已经拆碎的纸条化为灰烬。

张公子毕竟是官宦人家，见多识广，不惊不诧地走去尤科长案前，轻甩了一句：“这是刘科长交办的。”

“刘科长，就是刘局长也不行。”尤主审放亮粗嗓，故意要让满座皆听，要让所有在场的人明白：我尤科长，就是科长，是秉公办事的科长。这里掌印的，除了姓尤的科长，就没有别的长。他还觉得不解气，又缓缓侧目，眯眼逼视着那不知所措的昔日同窗，一句一顿地问：“哪有进了考场，啊！还在报名的，嗯？”

“那……这……”

“下次请早。”尤科长干脆利落，扬手一挥，如同要赶走的是一只讨厌的苍蝇。

惬意，今非昔比的爽心，常人是难以体会的。小人得志，大约只有癞狗长毛，才能深悟“范进中举”的心疯。尤科长此时内心的喜悦尽量还在抑制。他要把欢快留回家去与老婆女儿共同分享。他回家又可扬眉吐气了：“怎么样，我早就说过，刘科长，尤科长，都是科长，你们不信。今天，我就把刘科长的人情给顶回去了，哈哈。”他仿佛成了庙堂里的佛爷，老婆女儿都在合掌敬拜。

今晚的筵席，就看台下哪位老板懂事了：是禾丰海

飞舟尾部迎风招展的小旗虽署明××局，可舟上的人，一点官气不沾。据说都是用重金募来的农友，已在沿江粪船上操练了半月。花钱的人图名；卖力的人图利；领奖的人在岸台上助威；收钱的人在水中玩命。吼声连天，好不闹热。

鲜楼，还是嘉兴山珍馆……还在梦游神荡的他，眼眶里那闪亮的射线怎么在收敛、在发暗了？接踵而来的是李鬼见到李逵才有的胆寒。

他真切地看清楚了，刘科长披愤带怒，大步流星地登上了主审台，扬手一挥，比他刚才赶走张洪，还要来得潇洒。尤副科主办科员知趣地挪位，主审交椅还给了真主。

“各位，对不起，江边的龙舟会还没结束，我来迟了。”刘科长强压怒气，横放一炮，“我要强调的是，愿意报名的，只要考试还没结束，统统有效。我们的原则是，广识人才，多多益善。”

倚在厅门边的张洪，抿嘴偷笑。刘科长显然是被他激怒，冲尤瓜儿来的。尤瓜儿适才回绝他帮办的事，恰恰又是刘科长上台强调的。

老尤真是丧气，这么大的场面，拿脸变成了丢脸，这无疑是当众布告：刘科长才是科长，尤科长算什么东西。

## 六

岸边的人流还在涌，龙舟会还没散。老尤弓腰驼背，怕见人似的在小街菜摊，随便捡了点水白菜，无精打采地回到了属于他的窄厨。不过，他今天还是发了狠心，买回二两白酒，半斤鲜肉。

菜饭熟了，酒也斟上了，他在恭候，就像春节团圆等候先人那样。

又是丑女探前，进门就雀似的在叫：“今晚是去海鲜楼，还是山珍馆？我连午饭都没吃饱。”

他心烦地瞪了她一眼，垂头不语。

老婆笑吟吟地进门来，挎包没放，就急切地问：

“今天面试如何？”她早就企盼着听精彩的花絮了。

他还是不语，发直的目光瞅着地面。

“莫非全通过了？”她感觉不妙，更急了。

“嗯。”他没敢抬头。

“你这个窝囊废，一天到晚想当官，真正拿官给你当，你又不会当。当官，就是要权，就是把别人的命运，捏在你手里要，你懂不懂。你这个唐僧，给别人套上了紧箍，却不会念咒。谁还会怕你，谁还会来求你。”

她识字不多，骂起老公来却从不打腹稿，一套接一套，喋喋不休：“全通过了？全通过了，你的身份在哪里，你科长的权力在哪里，别人是不会感激你的，只会骂你是草包。难道你真的不懂，就是要全通过，也得先拉掉一半，让人上门来找，人情一个一个地卖，这才叫拿脸、实惠。你还想当官，你这把年龄，我看当省长都超标了。”

“这不能怪我。”老尤抬头，半晌才插上话，“张洪把刘科长拖来了……”

『你这个窝囊废，一天到晚想当官，真正拿官给你当，你又不会当。当官，就是要权，就是把别人的命运，捏在你手里要，你懂不懂。你这个唐僧，给别人套上了紧箍，却不会念咒。谁还会怕你，谁还会来求你。』

"刘科长，刘科长，你不是跟他官职一样大吗？他把你当开啤酒瓶的马仔，你把啤酒盖拧开，他拿过来就喝，你还感激不尽，蠢猪。"

"尤大科长，"恶婆骂累了，又恭恭敬敬地向他鞠个躬，戏要道，"老娘告诉你，本店明天有批货，在省城，你不是科长吗？不是跟刘科长一样吃香吗？人家刘科长外出一步，局里的桑塔纳都跟着。你也去跟老娘要趟车，不要一天到晚就只晓得'甩火熥'，在老娘面前提虚劲。你若明天要不到车，以后就别在老娘面前瞎吹什么保长、甲长的。"

老婆边骂，边端起桌上的酒杯自饮。老尤连桌边都没挨拢，酒菜就被糟蹋得精光。这时，他哪里还会有食欲。被骂得狗血淋头的他，只恨不得去跳楼，更恨不得像屈原大夫那样，端午去投江。可惜，他缺乏的恰恰是勇气。为了老婆的用车，他还不得不去煞费苦心。

## 七

商品经济的浪潮，早已把意识形态领域里的旁门左道，抛去了死角，快被人们遗忘了。工商、税务、银行，这些扶摇直上的时代娇子，只看他们的办公大厦、进出的轿车，就无人不眼红。市文化局还是十年依旧：车棚里停放的轿车两辆，过时得跟报废的一个样；卡车一辆，那是剧团下乡拉道具用的。市文化局这栋楼，六七十号人，无论怎么排，都轮不到他老尤用车的时候。

愁眉苦脸的他，怀揣一包三五牌香烟，走进办公室，瞧见那张刀削冷脸，心里就明白。刘科长昨日的怒气未消，好在他被刘科长冷落惯了。这时的他，为了落实心事，还只得厚起脸皮去给科长泡茶，又讨好地给科长敬烟。

刘科长却发愣了：喝老尤泡茶，那是正份，天天享受；抽他的烟，那就邪门了。听说老尤抽烟是有定量的，每天两支。平时在办公室，只有别人发烟给他的，他从不散烟给别人。若这天运气不佳，无人发烟，他的烟瘾又发了，只好躲去厕所，偷偷吧上几口自带的劣质烟，不烧至过滤嘴，是不会丢手的。他经常替刘科长倒烟缸，何尝没捡过其间的烟蒂。

“老尤，财政放宽了？”刘科长细瞧烟牌，若是劣货，他会扔去一边的。

“包干，还是包干。”老尤躬身应答，心里却在盘算，怎么开口要车呢？刘科长不点头，车是开不出去的。有人来催刘科长出门了，刘科长在锁抽屉了。他也豁出去了，把瞎编的谎言用认真的口气向刘科长禀告：“省文化厅昨天来电话，催我们把上半年的社会文化统计表，今天务必送到。省政府好像也在等。”

他脸不红，心不跳，眼巴巴地瞅着急走的刘科长，就盼其点头了。谁知，刘科长却满不在乎：

尤科长得意地又哼起了川戏。他左手擎杯，右掌击桌，神飘意荡。老公当官用权，老婆下海经商，他仿佛感悟到了当今真正的生财之道。

“用传真发去吧。”

“不当面汇报吗？”

已出门外的刘科长，背后的回答更让他失望：“这些神仙数据，谁有兴趣听，你叫小金发传真。”

骗不住刘科长，楼上办公室的小金却被他唬住了：“真的是刘科长让你来要车的？”

“那还有错，不信，你可下楼去问，我还不想去呢。”

“已经没有车了，局长、科长都去市政府开龙舟总结会了，刘科长应该清楚。”

“有车无车我不管，汇报人今天不去，厅长怪罪下来，不关我的事。”老尤装出事不关己的样子，把责任推给了小金。

小金急了，看着院坝里的东风牌大卡车，仿佛在犹豫。

“大卡车也可以。”老尤生怕小金再犹豫，急忙抢口。

车派出去了。尤科长终于如愿以偿。他什么都没带，脑里只铭记了他老婆的指令：省城批发市场的商号。

车进省城文化厅大院，他急步蹬上陌生的楼层，溜转了一圈，准确地说，是上了趟厕所，返回卡车驾驶室，煞有介事地对司机说：“好险，厅长等急了，正要发火，我送去，真及时。”

东风卡车名义捎带，实际是专程为他老婆拉了趟杂货。他兜里的烟，还余半包。午餐的饭钱，也是司机结账开的报销发票。他珠血未滴，就圆满交差，够神气的了。

进家门，见桌上饭菜已熟，还有久违了的烧酒。老婆笑逐颜开，横肉在脸上也笑顺了。丑女亲昵地在唤：“爹。”

“怎么样？”老尤两杯下肚，牛皮又吹开了，“刘科长，他只能要小车，小车能拉货吗？今天，我就偏不要小车，指名要大卡车，不是给我派了吗？本科长要是高兴，周末就要桑塔纳陪你们去逛峨眉山。”

他越说越玄乎。老婆另眼相看，女儿忙着给他斟酒。她们此时脑里或许都在幻想周末。

尤科长得意地又哼起了川戏。他左手擎杯，右掌击桌，神飘意荡。老公当官用权，老婆下海经商，他仿佛感悟到了当今真正的生财之道。

他想不到的是：此时宝兴舞厅的冬瓜老板已状告市政府，说他敲诈；小金已禀告刘科长，说他欺骗；王局长已签发了他的待岗令。

悲剧正向他逼近，而此刻的他，才刚刚享受到家庭出现的温馨。

发表于《四川文学》2000年第5期

有改动

尤科长得意地又哼起了川戏。他左手擎杯，右掌击桌，神飘意荡。老公当官用权，老婆下海经商，他仿佛感悟到了当今真正的生财之道。

# 赌局之外

午后，天还没放亮，仍飘飞着料峭的细雨；滨河路面，湿漉漉的，人车均少；对岸沙丘，一片空蒙。

今天是不能出门了。我泡上一壶毛尖茶，从书橱里抽了本《隋唐演义》，闲靠在沙发上，品茶翻书，打算就此消磨后半天的光阴。

“叮——叮——”电话铃声在响，久响不歇。平时悦耳的铃声，此时却搅人心烦。我抓过话筒，没好气地吼道：“喂，哪位？”

“我，是我。”

熟悉的沙声，使我口气顿时变软，变得亲切起来：“是灾星啊！多日不见，是不是又该来上税了。”

他是我的赌友，牌臭瘾大，又逗人开心，所以大家都戏称他灾星。

“上税，还不知谁给谁上税呢！”话筒里不服气的声调忽地升高，“浮总叫你把军火备齐，马上到你家开战。”

这小子姓钱，先前一贫如洗，人称钱光板，转眼间，玩起了桑塔纳、大哥大，还拥有了一家皮包装修公司，在总经理多如狗的社会上又冒出了个钱老板。

“就你那两刷子，我还用得着备军火？”我呵呵玩笑。

“莫说那么多，今天每人准备两万，比现吃现，挂账不来。”

这小子口气越来越大，输钱不输豪气，就像书中所说，是个打不死的“程咬金”。可今天，他主动打上门来，兴致这么高，我还真有点纳闷。

手里的现金不够，我正犯愁，门铃响了。这钱老板在没有重新变回钱光板之前，真是说到就到。

谁知，昂首进门的却是身材高大，富态得港客似的浮总。他大大咧咧地走进来，金框眼镜里那两束冷光，朝空荡的客厅一扫，不踏实地问：“灾星呢？还没来？他小子有没有浆钱？”

浮总可是个说不清、道不明的角色，原在红桥宾馆任总裁，不知恶了谁，栽了。一年后，又重新坐回那把交椅。他反省后的名言是：清官倒霉，贪官升官。

“啪”，一大叠“四人头”撂响在莹白的钢化玻璃桌面，那潇洒的动作，就像款爷们常在酒桌上说的，钱嘛、纸嘛，大约不止两万元。

他好像并不在乎我有钱无钱，直接走去了落地墙柜的玻窗前，目光扫视去档柜里。我心里明白：他是想再

这小子姓钱，先前一贫如洗，人称钱光板，转眼间，玩起了桑塔纳、大哥大，还拥有了一家皮包装修公司，在总经理多如狗的社会上又冒出了个钱老板。

次见识一下我刚买到手的那套青花瓷具，咸丰年间的，他见过。我神会地将其抱出，放置桌面，那古铜色的木盒，肯定厚过了他炫耀的赌资。

港客爽声大笑，穿墙的笑声含喜带刺："老兄，还不至于吧!"不至于什么？输钱抵家当。他未说出口。

他把玩文物很在行，手抚釉绿的瓷边，眼眶放出了瓷边一样的光亮。这是几天前，我从省文物商店托朋友关系购进的。眼前这位港客劝我加价转让，我回绝了。我想，他大约又要去孝敬某位达官贵人了。

楼下有了脚步声，又响又沉，是那种山姆大叔的皮鞋声，起落间还伴唱着自谱的怪调："我们种的地，我们收的粮，都进了地主的仓——"

蓬头乱发，有几分滑稽的小子溜进房门，正欲换鞋，港客两束寒光，逼向他那缀满雨珠的后脑，不待其回身，就催问道："揣钱没有？亮浆钱。"

"我有，我有。"灾星抖索的手，伸进皱眉垮眼的西服里。那寒伧的模样，有几分像杨白劳在黄世仁面前还债，又有几分像孔乙己在咸亨酒店交上次欠的酒款。

"就这点？"港客唬起宽脸，不满地讪笑。

灾星抠出的钱，揉成一团，像行窃刚分到手的贼赃。连他自己也无数。

"起码有四千，"灾星自知理亏，抬起霜打的灰脸，嘴唇还在嘀咕，"一会儿，还有人送来。"

他怕我们散伙，连我俩有钱无钱也不问，匆忙坐去桌边，从裤兜里摸出一副崭新的扑克，剥去透明纸，背扣牌面，三搓两颠，神速般地将三张牌发来我俩面前。

“就你这点钱，还押金花。”港客鄙视着准备叫牌的灾星，“斗龙算了。”

赌桌上历来都是贪心者输钱。我弄不明浮总为啥今天对牌局如此苛刻，也随声附和。

“斗龙就斗龙。”灾星的长脸惊过一丝苦笑。其实，玩什么，他都无所谓，纸牌麻将点点红，牌桌上只要能见钱，就如同瘾君子见到了鸦片。

几圈下来，港客哑了，我也无语。这样的牌局，实属罕见。灾星像挖到了金矿，手舞足蹈地又哼唱起来：“当今好男，吃喝嫖赌，外加码估（一种玩牌）。”

他蓬乱的棱标脑壳左摇右摆，歪系的粉红领带，标须似地飞舞。

见我俩哗笑，他更得意了，沙音更怪：“这个社会真不赖，四十多岁才学坏，嘴里唱着迟来的爱，怀里抱着下一代。”

港客捧腹，我弯腰。这灾星，好的一点不学，坏的根本不用学。

“嘟——嘟——”灾星的手机响了：“喂，阿铃呀！现在不空，晚上见，钱，马上送来。”

“上门货，又是打免费炮的。”港客挤眉弄眼，似笑非

浮总可是个说不清、道不明的角色，原在红桥宾馆任总裁，不知恶了谁，裁了。一年后，又重新坐回那把交椅。他反省后的名言是：清官倒霉，贪官升官。

笑，正欲戏要他。他的手机也响了。

“嗯——嗯——”浮总嘻笑的脸顿时肃然，继而阴沉，瞧我们看着他，慌忙捂住机身，抽出天线，避去隔壁盥洗间。

灾星莫名其妙地望着我。我频频摆手，示意他静听。隔墙抽水马桶的滴水声混来低沉的浊音：“送清代瓷具，咸丰年间的，把张老头套死，装修款，上报三百五十万。”

“装修。”灾星轻声喜叫，猛搔蓬乱的长发。

港客神色自若地回到牌桌边。灾星迫不及待地把脸凑过去，嘴唇几乎贴住了港客绷紧的面颊。

“你宾馆要装修……？”那巴结的身子，在傲慢的浮总面前，比刚才的他又短了一大截。

“打牌，说这些。”浮总阴脸更沉，像在琢磨什么，心不在焉地捞起桌上的扑克，又搓又洗，只是玩要，就是不发。

“要押金花？”灾星眼盯浮总，异常敏感。他深知浮总的德性，输钱总想变换赌博的方式。

“押金花，就你这几个钱？”浮总不屑地继续玩牌，开始了漫无边际的闲聊。他在说神话，又在讲现实。他突然问我：“你认识冯兵吗？这个傻儿，年前揣十万元到红桥宾馆押金花，闷起脑壳夯，几圈下来，面前叠起的钱就不见了。”

“他不是人精吗？”我认识此人。

“在张市长面前，他敢做人精？他在装傻，据说他今年就接了二千多万的工程。”

我呶嘴示意身边的灾星。见他懂不起港客的双关语，便挖苦道：“听清楚没有，你就是该聪明，不聪明；不该聪明，又过于聪明。”

灾星灰脸青涨，大声争辩：“你又不是张市长，你要是，我也会变成傻儿的。”

他确实不省事，还在愁脸自叹：“张市长怎么会跟我在一起押金花呢？”

也够为难他了，想挣钱，不识门道。要么，提起猪头找不到庙门；要么，走进了庙门又忘了提猪头。

这时，门铃又响了，进来的是一个少女。听说她闯海南成了富妹，钱光板眨眼间变成了钱老板，就是沾了她的光。灾星找到这样的红颜，本该知足，可偏偏恶习难改，见面张口就要钱。她无奈地轻声低问：“又输多了？”

“手气正好。”灾星发疯似的抓过她手中的一大叠钞票，乐滋滋地自顾搓数。她马上就成了这里的多余，而且是应该马上消失的多余。

我想，她沦落风尘，也许是出于无奈，后来想从良找个童子军，哪知眼前这位刚把钱点清的泼皮，恶习更多。

『在张市长面前，他敢做人精？他在装傻，据说他今年就接了二千多万的工程。』我呶嘴示意身边的灾星。见他懂不起港客的双关语，便挖苦道：『听清楚没有，你就是该聪明，不聪明；不该聪明，又过于聪明。』

"灾星，这是第几房了？"港客见她离去，又开始逗趣了。

"有志男儿找九妻，无志男儿瓜兮兮，说这些。"他扬起手捏的大叠钞票，不歇地朝桌沿摔打，嘴里连声高叫，"押金花，底盘100元。"

浮总连连点头，呵呵乐笑。我虽也点头，心里却在挖苦：要不是她把你装修成钱老板，你才瓜兮兮呢。

港客发牌了。桌面一会儿就叠起了散乱的"四人头"。

"我跟，再加翻！"灾星捂住看过的牌底，发出狮子般的吼叫，额头上爆出的青筋，蚯蚓般的曲扭。

我识相地丢牌，转视浮总，见他在沉思，又在审视。他久久端详过那张喜形于色的长脸，把牌高高举起，使劲朝桌面一摔，爽笑中挖苦道："量你娃娃没胆量捉鸡，捡钱。"

灾星果真是一色的金花。牌大牌小，从他那晴雨表似的脸上瞬间就能辨识。他不断在自责，又在他怨，甚而用掌击脸："呸，这牌不该跟。""呸，两只老狐狸为啥不跟了？这牌没吃够！"

我玩得肌肠辘辘，又费马达又费电：平手。灾星种的"粮"，都进了港客的"仓"。我叫散伙，港客说：国际惯例，赢家请客。

天，黯了，纷飞的春雨，尖劲的湿风，从对岸沙丘扑面而来，噤得走上大街的我，哆嗦直颤，昏涨的大脑倒清爽了许多。

餐厅里，浮总要了满桌的酒菜。灾星涎皮赖脸，缠住浮总一个劲地敬酒，醉语中夹杂着装修。浮总佯装糊涂，迷迷盹盹地向我送笑，酒话不离青花瓷具。这时，我恍然醒悟：今天赌局的导演是浮总，他支使灾星突然约我打牌，又要赌那么大，是料我准备金不足，想赢我的青花瓷具。我是主角。稀里糊涂的灾星不过是陪衬。浮总自导自演，把戏演得如此逼真，这就是当今商人的伎俩。灾星混迹于江湖，充当了受剐的鲜兔，还执迷不悟，那是他的悲哀。在杯盘交错中，我还算清醒地夹坐在两个似醉非醉的酒鬼之间，却犯难了。我若不卖文物给浮总，他就难以套到那三百五十万元的装修公款。灾星渴望的财路，连门都没有，因为不计成本钻营的冯兵不会闲着，张市长那血盆大口……

天空乌黑，很是阴森。滨河路市委门前那盏明灯，在雨夜中闪闪烁烁，仿佛离我们很远很远了。

我在想，明晨会晴的。

发表于《四川文学》·1999年第12期

原文有改动

灾星灰脸青涨，大声争辩：『你又不是张市长，你要是，我也会变成傻儿的。』他确实不省事，还在愁脸自叹：『张市长怎么会跟我在一起押金花呢？』

# 肖　二　娃

我的老家，在重庆城郊的工厂附近，那是一片小巷密布、喧闹嘈杂、垃圾四散，几乎不见高楼的职工家属区。每年春节，我都得回去。

不回去，巷里的邻居，会问我妈：你儿过年咋不回来？回去了，又百无聊赖。儿时那么多的朋友，或许他们过年都在为果腹的生计奔波；或许一贫如洗，羞于见我。总之，被冷落的我，反倒成了来此客串的外乡人。唯有隔墙的肖二娃，尚未成家，又便于我随口召唤。他，也就成了我每年短暂几日的伴友。

腊月三十，天飞寒雨。我午后拢屋，还未进门，就对着他家高喊："肖二娃、肖二娃。"

他肯定听见了。我上楼与偎在暖炉边的母亲刚说话，他就从湿漉漉的二楼阳台，与我家通连的露天平台过来了。

老母见他开口就笑："你死瞌睡才睡醒。"

他嬉笑不语，瘦小的身子抄裹在过膝的旧军棉大衣里，好像刚从被窝里爬起来。

“你今天没上街了？”母亲让座就问。他大约感觉到母亲话中有刺，见我后的亲热，也顿时消失了。

“你没跟那些人去闹革命了？昨天不是还有两个人来找过你吗？”母亲把话说白了。他像没听见，埋头只顾把搓过的双手，伸向炉前的红光。

“你这个人倒安逸，”母亲显然不悦了，“别人下岗都在闹，你连职都退了，你是不是神经出了毛病？”

他翘头睨我一眼，怪异一笑，那神色，好像是在嘲笑吃惊的我。在他看来，退职在先的我，神经早该出毛病了。

他就这德行。老人说什么，他左耳进右耳出，从小习惯了。若是我这样说，他肯定会跳起来。他这人，自负又好脸面，尽管眼下的世道又老不给他脸面。

这也难怪。他所在的国企大厂，是抗战年间从河南迁来的豫丰纱厂。当年要风得风、要雨得雨的庞然大物，谁能想到：而今在市场经济的冲击下会风雨飘摇。当年让人羡慕的铁饭碗，谁会料到，而今却靠不住、靠不牢。这个给小巷中人带来过虚荣的老厂，如今在经济改革的阵痛中确实像只脱毛的凤凰，大约真的快寿终正寝了。

从童工干拢退休的母亲，当然更是不解。她说：“解放前资本家都搞得火红的厂，现在快要搞垮了，听说

我们这代人，也够幸福了。灾荒年饿饭，『文革』受难，该读书的年龄下乡，政治狂飙去了，经济风暴又来，搭错车的人不说了，就是想过安稳小日子的人，也难逃下岗失业的厄运。肖二娃这时唱起了《国际歌》……我迷迷糊糊地进入了二十一世纪。

马上还要卖给私人……”

可母亲出门前，却又夸起厂里的当家人来：“李厂长是个很有风度的女干部，上周我在厂门口碰见她。她还问起你，说与你是同学。”

二娃偷偷在冷笑。我脑里转了几圈，也忆不起这位风光的昔日同窗。老实说，有本事把这五千多职工的大厂，折腾得人人自危，她也实在不值得我忆起。

老人去了，室内的空气顿时也活跃了。

我忙着给二娃递烟、沏茶。他接烟在热炉上触燃，猛吸两口，连声夸道：“好烟，苟富贵，勿相忘，还是梁大哥瞧得起我。”

我递去的茶杯，他伸手来接，身子却站斜了，他的一只鞋不知跑到哪里去了。一股烤脚的焦酸味，从热浪中散来。他全然不顾我皱眉的不满，端起滚茶就喝。

我冲着他笑嚷：“你就不能斯文点？”

“哟，梁大哥变斯文了。”他拖长嗓音，不认识我似的端详过我，挤眉弄眼道，“你忘了，当年我俩比赛喝刚起锅的吹吹稀饭，比这还滚烫的，我还比你慢半拍呢！你肯定忘了！不是说人的秉性难改吗？人，是不是有了钱，什么都会变？”

他反唇相讥的敏捷，点到就来，揭的都是你的老底。你忌讳什么？他才不在乎呢！在他的眼里，你现在无论怎么改头换面、装神弄鬼，同样也还是过去那个跟他一起滚过铁环、拍过烟盒的小巷混混。

我无奈地乜了他一眼，佯打哈哈，斜坐去他的对面，开口问起的还是那句老话：“今年过得还好？”

“很好。”他嘴离杯沿，瘦削的脸上牵起干丝丝的笑纹，不待我再问，马上又自嘲道，“我现在是完全彻底的无产者了，你过去不是十分得意地享受过你老爸这个最光荣的成分吗？你现在对我这个失业的无产者，怕不会有过去那么真诚的向往了吧？”

“那你是自找。”我一时找不到取笑他的噱头，便硬邦邦地顶回。幸好，他没跳起来。我戳到的正是他眼下的痛处。所以，我刚提起，就被他打断。

“退职比下岗好。”他马上与我理论起来。他说的、认的，全是死理，是不转弯的，嗓门也大。我没法插嘴，由他发泄。过了好一阵子，我才多少理出点头绪。

“这个厂，迟早要垮，你妈看不懂，我心里明白，厂垮了以后，连放学费都领不到。你不晓得，厂里那个当家的婆娘，除了床上功夫，就没有别的功夫。她与我初中同班，就她那两刷子，我知道，当年只会跳‘白毛女’。”

“她当厂长了?”我嘴含的燃烟，白灰直颤。

“市纺织局袁局长的姘头，还有不当厂长的。卖那身香肉，你以为会蚀本？”

我不用想，也能活现这位美人厂长的旧貌了。她是

我们这代人，也够**幸福**了。灾荒年饿饭，『文革』受难，该读书的年龄下乡，政治狂飙去了，经济风暴又来，搭错车的人不说了，就是想过**安稳**小日子的人，也难逃下岗失业的**厄运**。肖二娃这时唱起了《国际歌》……我**迷迷糊糊**地进入了二十一世纪。

我们当年学校宣传队的花魁，或者说，是我们当年就读的那所学校的标志。同校的同学，几乎没有不认识她的。

我过去回来，很少问及巷中发生过的事，今日雨下不停，坐在室内与他海聊，事事都感到新鲜。

“你们初中是同窗，她该关照你呀！”

“她会关照我这穷鬼？她眼中的同学，现在恐怕只有你了。”他又眨了个我懂得起的鬼眼，说，“她现在见到我，还不如见到餐厅里的跑堂。那神气，不摆了！我们简直就是她雇用的劳工。”

“这就是你要退职的理由？”

“当然不全是……”他欲言又止，神色瞬变。

屋檐下的雨滴声大了。窗外，突然高喊起肖二娃，那声音，大得惊人，简直就是在竭力尖叫。

他坐不住了，拉门出去，寒风卷进一个妇人与他近距离的对话：

“二娃，你龟儿还躲在屋里养神，还不赶快去区政府，街上已经围了几千人了，都是下岗的。官老爷不让我们过年，我们也不让他们过年。区长都到场了，还来了好多警察给我们保镖。”

“昨天我就说过了，我不去。”二娃粗声武气地在吼，“我去闹饿了，上你家过年？”

“你吼个球；有胆量，你对官老爷吼去。”

“老子去吼死了，你来给老子收尸？你又不是我婆娘。”

出口成脏，是小巷中人的“天赋”，说话不带脏字，四邻还会笑你假斯文。脸红筋胀的肖二娃，折回室内，还在粗言大语地愤谈：“这臭婆娘，是她妈头猪，好好的家庭不要，扔了出去卖肉，老母猪肉卖不脱了，现在又搞起地下活动来。共产党的天下是闹出来的吗？”

他骂的那婆娘，我不知早年是否认识，后悔刚才没跨出门去。

我早听说过，小巷里我过去熟识的好些心高气傲的女性，青春都献给了沿海，而今色衰归来，怎么又搞起了地下活动来？肖二娃虽没出过远门，但他知道共产党的天下不是闹出来的。他的头脑还算清醒。

我开始担心起他退职后的生存。他说他现在到处跑乱滩：帮人搞过传销、卖过报纸、推销过牙膏。这月无事可干，就回家冬眠。他说到现实，不再嬉笑，眼神也渐渐迷乱，阿Q精神毕竟替代不了吃穿。他始终不明、也不解的是，这个社会怎么十年间就冒出了那么多嗜血的老鲨鱼，而且都是未经学府出来的。他去年问过我，这时又问。

这倒为难我了。去年我说不清的，今年同样道不明。大约醒世的经文，不在书本。我只记得西方有句名言：不要学那些不找钱的本事。老师过去在学校里教给我们的本事，几乎都不找钱。这能怨他吗？

我们这代人，也够幸福了。灾荒年饿饭，『文革』受难，该读书的年龄下乡，政治狂飙去了，经济风暴又来，搭错车的人不说了，就是想过安稳小日子的人，也难逃下岗失业的厄运。肖二娃这时唱起了《国际歌》……我迷迷糊糊地进入了二十一世纪。

母亲在楼下喊二娃，他去了。二娃不去闹事，我妈呼他，他就去了。我不在家时，他常帮母亲干些杂活，从不与老人斗嘴，算是个本分人。而今还固守在这小巷里的，几乎都是他这样的本分人，像我这样不本分的人，早就远走高飞了。承受改革阵痛的是本分人，享受改革成果的是不本分人，世道在他们眼里颠倒了。他们疑惧改革的前景而怀念过去，这便成了他们思想的主流。

他躲雨跑回暖室，得意地坐回原位，不待我问，就说：

“你妈厨房的水龙头坏了，找对门的张三娃帮忙，那傻儿，只晓得用手钳夹起使蛮劲，傻扳。你妈找他帮忙，是越帮越忙。”

显然，厨房里的水龙头是他修好的。我又递给他一支烟，算是奖励。

二娃自幼聪明，可长年呆在这贫民窟里，聪明与愚笨又有什么区别呢？我每次回来，都暗庆自己没有像他一样活埋在这片低凹的小巷里。我忘不了早年在这片小巷里的卑微。那时，我出门生怕见到戴蓝帽子系白围腰顶替父母进厂上下班的女同学，见到她们就自觉低她们一等。那时，我最不愿听到她们说星期天，因为我没有她们那样的星期天。我成天呆在家里，等候下乡，尽管天天都是星期天。可我又是多么盼望能有她们那样的星期天。现在我又没有星期天了，我终身都不会再去盼星期天了，回到小巷的心境与当年肯定大不相同。可小巷里泡出的俗气，在我身上，却依然如故。我几乎是为了满足自己的虚荣，向肖二娃打听起周围熟悉的同龄人来。

说起别人，肖二娃自然找到了参照物，情绪又来了。

“你问的是丁丁。”他抬头纠正我叫错的绰号。茶几上明明摆着烟缸，他说高兴了总习惯把烟灰弹在地上：“他死了，自己上吊死的。老婆跑了，老妈疯了，他活在这世上遭孽，干脆就这样。”他鼓眼伸舌，双脚挺直，做了个“吃挂面”的动作。

我还没回过神，他又说起另一个人来。

“你还记得旁边住的李大汉么？对了，就是小时候常欺负我俩的那个大个子。当年我们下乡当知青，他可神气了，从学校直接去参军。当兵回来的他，比你现在回来还要甩派，几条街的靓妞都主动与他妈热乎。那时他妈忙得像调度，轮番挑选，最后给他找的婆娘，现在还不是跟人跑了。是啥将军，就该打啥旗号，莫非抽叶子烟的人，还能喷出这‘大中华’的香味。”

他饱吸一口浓烟，仰头噘嘴，潇洒地在我面前耍起了杂技。清爽、均匀的白色烟圈，一个接一个从他嘴里吐出，每一个都在腾旋，一长串。他得意地瞟过我，又轻吹一丝烟线，把那长串烟圈一气通连。这功夫，绝非一日所练。我暗自惊叹，又见他张口猛吸一气，把那一长串烟圈，全又吞回了嘴里。

我们这代人，也够幸福了。灾荒年饿饭，『文革』受难，该读书的年龄下乡，政治狂飙去了，经济风暴又来，搭错车的人不说了，就是想过安稳小日子的人，也难逃下岗失业的厄运。肖二娃这时唱起了《国际歌》……我迷迷糊糊地进入了二十一世纪。

要不是天色渐黯，保姆进屋摆放碗筷，他未尽的兴致，还会让我大开眼界。

母亲进屋邀他上桌，他猴急跳起，军大衣的下摆差点把灼烫的暖炉缠翻。我伸手拦他，又惹他自负：“梁大哥，过年过节的，我家也有。”

他执拗去了。他不再有我们小时候凑在一起“打平伙”的兴致了。团年饭吃得我索然无味。要不是老母在桌边又说起他，我会闷醉在旧年。

老母翻出的还是陈年老窖，说二娃当年下乡返城，安置在集体面馆，就不该跳槽去顶替他父亲进厂。可我心想：十多年前，集体面馆哪有国营大厂风光；那时，就是最善评估男人社会价值的姑娘，也看不准自己该嫁谁，不该嫁谁。

老人还在说：“二娃的神经可能出了毛病，他这个月一天到晚就躺在床上，起来就抱起吉他又弹又唱，四邻都在笑，说他只会吼《国际歌》。”

我的心，咯噔一跳，酒杯差点摔地。老母以为我喝多了，连忙劝阻。饭后，她匆匆下楼去看电视里的春节联欢晚会了。

除夕之夜，小巷里真是黑静！家家熄灯闭户，窗缝漏泄的电视荧光，交映在巷道黑魆魆的水凼里，格外惨白。远处不时送来的几声炸响，把雨夜中的黑巷，惊得更加凄凉。

我早早躺床，酒精麻木过的大脑，车轮般旋转：肖二娃的饭碗扔了，丁丁上吊了，李大汉的老婆跑了，会跳芭蕾舞的美人当上了厂长……脑里旋起的粉尘，又让窗外细雨疾风搅成了一盆浆糊。我们这代人，也够幸福了。灾荒年饿饭，“文革”受难，该读书的年龄下乡，政治狂飙去了，经济风暴又来，搭错车的人不说了，就是想过安稳小日子的人，也难逃下岗失业的厄运。肖二娃这时唱起了《国际歌》……我迷迷糊糊地进入了二十一世纪。

清晨，打牛奶、收破烂的吆喝声把我吵醒，我伫在霜结凝冰的二楼平台。放晴的灰蒙天空，满挂“万国旗”的冷巷，让我感觉不到一丁点节日的喜庆。

斜对门的张婶，这时端出一盆热气腾冒的滚水，搁放在张三娃的脚下。五大三粗的张三娃拧鸭提刀，鲁莽地背过鸭颈，横刀一抹，还没见血，就甩手放生。扑闪乱蹿的跑鸭，仰颈一声哀鸣，喉头一股血涌，血珠淌浸在地面，牵出一绺喜庆的红绳。张婶佝腰在笑，提刀拭血的张三娃也咧嘴在笑。从他们杀鸭取乐的发泄中，从他们欣赏活物临死前痛苦的呻吟中，我仿佛觉得满天的阴霾都塞进了胸中。

去唤肖二娃，他定然还在梦中。梦中的他，该是幸福的。海滨的别墅，恭候他的奔驰轿车，草坪上游荡的

我们这代人，也够幸福了。灾荒年饿饭，『文革』受难，该读书的年龄下乡，政治狂飙去了，经济风暴又来，搭错车的人不说了，就是想过安稳小日子的人，也难逃下岗失业的厄运。肖二娃这时唱起了《国际歌》……我迷迷糊糊地进入了二十一世纪。

保镖、马仔，还有簇拥的娇娘……够了、够了，凡是电影、书上他见过的人间奢侈，凡是生活中嫌弃他的，他睡梦中都享受尽了。无篱的梦想，胜过世上任何富有的大亨。一无所有的人，夜间多欢愉，想有尽有。腰缠万贯的人，夜间多噩梦。富人醒来是高傲的，穷人睡梦里也是幸福的。阴阳转换，天地轮回，公道。

隔墙有了响动，已是午后，我推门进去，屋里就肖二娃一人。他全家都上他姐姐家过年了。我见他嗜睡刚醒的倦容，开口就笑："你沉睡千年，美梦中跨世纪，还没睡醒?"

他的精神又来了："我睡醒了，就该你去睡了。"

"你别新年做美梦，打土豪、分田地的历史不会再重演了，时代变了。"

他不再吱声，带我走进他亮灯的居室。我马上就闻到一股扑鼻的膻味，那是从床上没牵伸的铺单、卷成团的旧褥里散发出的，还有从后门缝（定是夜间小解处）飘来的尿味。床头、桌面乱七杂八地堆放着翻旧的书报。狭小的空间里，连多余的凳子也没有。

他掀褥请我坐床。我转身就见墙挂的镜框里嵌着他与一个少女的挨肩照。我不无惊讶地问："你结过婚了?"

"算是吧，露水夫妻，现在也跟人跑了。"

他的老婆也跑了，我张嘴不合，接过他递来的内壁垢黑的搪瓷盅，关切地问：“她是干啥的?”

“长寿县来的打工妹，在城里没住处，跟我住了半年，人样不错的。两月前跟一个卖烧饼的人跑了，人家说起，大小也是个老板。”

喝着他冲热的隔夜老荫茶，我的嘴和心都在发酸。

他愧然苦笑：“我的茶，不如你的好，可你还能喝。这说明我俩还是过去的兄弟。我清楚，如今这世上，穷人是很难有富朋友的。”

他话里的心酸，一下撕裂了他昨日在我面前的佯装。我这时才感觉到，他昨日挖苦我的痛快是变了味的开心。“人家说起，大小也是个老板”，仿佛一下揭示出他昨日欲言又止的退职隐痛。这时，我忍不住又问：“再没见过她了?”

“上月在菜市见过，”他脸上不再起笑纹，“她身上穿的咔叽风衣，蓝色的，还是我给她买的，旧了，过冬穿那么少，也太单薄了。分手时，她满含泪花地怨我……”

我的心在颤，攥住盅柄的手在收紧。二娃不忍诉说，背过去的那张脸，阴森得可怕，就像暴风雨来临的前夕。显然，煎熬中的他在作最后的强撑。这就如同贵州山区的黔驴，忍辱负重，是有极限的。它一旦支撑不下去，倔犟脾性爆发，就是老虎，也会被它惊吓。

不错，这小巷里确实是很平静。麻将声、饮酒声交织出的嬉笑和谐，不会让人担忧。可我得告诉你，这是

我们这代人，也够幸福了。灾荒年饿饭，『文革』受难，该读书的年龄下乡，政治狂飙去了，经济风暴又来，搭错车的人不说了，就是想过安稳小日子的人，也难逃下岗失业的厄运。肖二娃这时唱起了《国际歌》……我迷迷糊糊地进入了二十一世纪。

假象，你知道他们心中不平的怨恨吗？

二娃这时已从墙上摘下了吉他。他坐抱床头，旁若无人地弹唱起了《国际歌》。他那紧绷的脸，阴冷铁青；那圆睁的双目，就像红岩烈士墓前那尊敞亮胸膛面对刺刀的雕塑。我从没见过如此悲愤，平时又不露声色的男人，那是可怕的男子汉。我不忍再听他那高歌的呐喊，那是与我们早年麻木高唱这首歌的声调绝对不一样的。我急忙逃出他的家门，望着小巷里能见的寒天，长舒了一口大气。

这个新年，平添了我许多的忧愁。节日未完，我妹妹从婆家还未回来，我就急着要走。我知道，这片留给我心酸回忆的贫民窟，很快就要被买厂的民企老板拆除搞房地产了。我已经在城里给母亲购买了她迄今也不愿去住的新房。也就是说，明年我回重庆，将去一个陌生的，也许不会有忧愁的地方，那里不会有肖二娃。肖二娃的家要搬去何处，他大约也不清楚。我走之前，他再也没上我家来，我也喊不应。他大约也上他姐姐家过年了。我不知我今后还能不能再见到他。这时，我真想再见到他，对他真心地说："二娃，好兄弟，你冷静点，认命吧。"

发表于《四川文学》2002年第1期

原文有改动

# 无风起波

大年初一的清晨，村巷密布的工厂家属区，四处无人，静悄悄的。

往常天亮就闹的这片贫民窟，昨夜的麻将声响至凌晨，新年正沉睡在淡雾里。唯有岔巷里边，挂出两个蔫瘪红灯笼的小理发店，这时却亮灯开门了。

外来开店的农村小妹，不知是没挣够回家过年的盘缠，还是瞄准了这片跟她一样靠自食其力的人群，只有到了年关，手头才会宽松一点。总之，她没有歇业，还跟往常一样，早早就开门了。

烧红的炉火，叫响了壶水，狭小的室内打扫过两遍，连门外的过道也清扫得干干净净了，她那闲不住的手，又拿起鸡毛掸，轻掸起已经掸过、一点尘灰没有了的几张皮转椅。忙碌起来的她，像忘了在异地过年的孤独。

深巷远处，响起了皮鞋声，直朝她的店门清脆地响来。

往常天亮就闹的这片贫民窟，昨夜的麻将声响至凌晨，新年正沉睡在淡雾里。唯有岔巷里边，挂出两个蔫瘪红灯笼的小理发店，这时却亮灯开门了。

进门的男士，她认识，天天都来这么早，那乱鸡窝似的头发，又多又硬，像晚浴后没梳理。

这男士，她又不熟悉，每年春节能见他上店光顾几天，节后又不见了。他是干啥的？没人清楚。巷里人说，他是史婆婆的儿子。史婆婆在街巷里很风光。

农村来的小妹，不会随便去打听巷里的闲事，胆小怕事或许就是她来城里生存的护身符。顾客们常在店里议论村头巷尾的闲言，她过耳就忘，从不上心，但心里的那杆秤，多少还是能掂出些来去顾客的轻重。

这来客，每天进店只吹头，不洗头，只须用湿热毛巾，捂软乱发，吹顺就行。他每次坐上皮椅，都喜欢点燃一支香烟，猛喷几口，来回挥动手掌，像要用搅散的烟气去空中驱赶什么。（发胶味？）

他很少说话，衣着随便，给钱却很大方，从兜里摸出的钞票，都是大张的，是哪张给哪张，从不要回补，也不在乎回谢。

小妹拿着木梳，在呜呜的电吹风中，边吹边想：城里人要是都像他这样随和、大方，她就不会在这里讨气受了。这巷里的男人，个个吹起牛来，都比她电吹风的劲大；所谓的有钱人，对着镜面挑剔了她半晌，又理发，又修面，她只收三元钱，还嫌太贵。三元钱，不够吃两碗小面，贵么？

她不知城里人啥时也学起乡下人来，计较的还不是斤斤，而是两两。

当然，最让小妹难受的，还是那派出所长的老婆，人模鬼样的，每次进店，都像来肇摊子，不管这里等候的顾客有多少，她总会找出各种借口，硬要小妹先伺候她。这里的人都怕她，就像怕派出所长。她一开口，没人敢不笑脸相让。她一离店，背后的咒骂，比乡里人骂“王保长”的母夜叉还要难听。

大镜框里的客人，头上雄起的“刺猬”，随小妹的摆布，在木梳、风压中变样了；分型的发边，还须滚卷。小妹这才抬眼打量起镜框里的他来，可她刚抬头，镜对的门外，男士椅坐的背后，突然又现出了一个人影。今天真是黄道吉日，她来得这么早。

“小妹，快给我吹头，我还有急事。”又是老一套，进门就一派二唬。这小店，好像专门是伺候她的。

“好，马上。好。”小妹顺从惯了，不敢回头，连声应答。

她的出现，小妹没去迎驾，已是怠慢；下旨分明，小妹竟没停下手忙的活路，更是大胆。

母夜叉大约感觉到今天小妹的变态，是壁镜里那位手夹燃烟，忘了吸似的男人没有吭声，便要起了威风。她用脚尖猛地旋过身坐的皮椅，把那高跷的二郎腿，直接对向了镜里的男士。

这老大初一的，大水冲倒龙王庙。小妹暗自叫苦。



当然，最让小妹难受的，还是那派出所长的老婆，人模鬼样的，每次进店，都像来肇摊子，不管这里等候的顾客有多少，她总会找出各种借口，硬要小妹先伺候她。这里的人都怕她，就像怕派出所长。她一开口，没人敢不笑脸相让。

母夜叉见自己摆出的威风今天压不住堂，又冲着小妹的背影，把话音直接刺向了那不理不睬的男人："我可不像那些吃饱了饭，一天找不到事干的闲人。公安局长还在等我们呢！"

这婆娘，抬出她老公的身份，说些牛蹄都踩不烂的天话，谁听了都会退避三舍。

"你没见她正忙着吗？"镜里的男士开口了，说话慢条斯理，"她又没有三头六臂。"

"我没跟你说，你搭啥腔？"母夜叉要泼了，忽地蹦跳起来，想撇开小妹的背影，看清是哪位不识相的男人，或者说，是要让那位不懂事的男人，把她看清楚。这里再横的人，只要看清了她，都会恭敬地陪笑相让。

可镜中人不仅没有买账，反把烟蒂使劲地朝地面掷去。

她愣住了。她看得分明，那本该离座的男人，这时却故意挑剔起头上的毛病来。干着急的小妹，还是第一次见到敢跟母夜叉较劲的男人。她不敢吱声，也不敢弃他而去。

母夜叉下不了台了，转而威胁起小妹来："小妹，你给我作证，我昨天，就是去年，是不是给你预约过，老娘今天一大早要来，是不是？"

"嗯，嗯……"小妹害怕得直点头。

"亏你还记得起昨天是去年。你去年是否预约过，我无须知道。我只知道，今年是我先到。”

这男人显然是在跟那婆娘较劲了。涉世未深的小妹，哪里会懂得，对付发飙的歪人，制服的最有效办法，就是要有底气，比她更歪。镜中男人，什么风浪没见过，他哪会吃这套。

母夜叉真的给呛住了，她从未见过这样的场合。眼下发生的事，如果在村巷里风传，那将会传得稀奇古怪，那她的脸，她老公的脸，往哪里摆。她怒气一冲，干脆直截了当地跳骂起来：“你算什么东西，自己也不屙稀屎照照。”

缓缓从坐椅上起身的男人，两眼逼视她，笑扯扯地应道：“不用照，我就知道，我不是个东西，可在这里，肯定比你，更像个东西。”

扯去围裙的男人，确实让霸道惯了的婆娘眼生。对手不惊不诧的模样，显然是不认识她，或者说是认识了她，根本就没把她放在眼里。她还想撒野，可那并没饶恕她的男人，反倒向她羞辱：“你以为你是这里的皇后，你走到哪里，哪里的人都该顺从你。我告诉你，今天要是换个地方，我跟你没完。”

发过威的男人，不待那婆娘回神，扬长去了。走前，他从兜里掏出张“四人头”扔去镜台。

小妹不敢去收钱，害怕失去对手的婆娘，会把怒气发泄在她身上。她那双受惊的兔眼，哀求似的望着神光

『我没跟你说，你搭啥腔？』母夜叉要泼了，忽地蹦跳起来，想撇开小妹的背影，看清是哪位不识相的男人，或者说，是要让那位不懂事的男人，把她看清楚。这里再横的人，只要看清了她，都会恭敬地陪笑相让。可镜中人不仅没有买账，反把烟蒂使劲地朝地面掷去。

已褪的母夜叉，像在说：“你都没法，我又有啥法呢？”

“他是谁？”母夜叉这才开始打听，想来个秋后算账。

“史婆婆的儿子，听说……”

“老娘晓得。”

……

小巷又恢复了平静，平静得像什么事都没发生。巷里有人出门了。

写于一九九五年春节

# 推　销　员

日头偏西，乡场上，赶集的人，还像上午那样打拥堂。省城开来的班车，风尘仆仆地停在了场口。一个衣着朴实的姑娘，手拎沉甸甸的黑色大旅行包，跳下车来。她穿过摆摊的农贸闹市，左顾右盼地来到了市管会的门前，那忽闪的大眼，盯住了附近一堵风雨剥蚀的土墙。

一会儿，对街的土墙上，挂出了一幅又大又艳的广告画。色彩鲜丽的画面，一条弯曲的清溪，静淌在浓荫的老林里，一只踏水的犀牛，舔食着岩边的藓苔。

一群小孩围上来，看稀奇了。一个小女孩向流挂鼻涕的大男孩说：“哥哥，这画，画错了，牛角画在鼻子上了。”

“这是野牛。”男孩装出蛮懂事的样子。

站在墙画边的远方姑娘，望着卖过农产品，从街面散来的农二哥，笑了。小孩们都觉得她笑得很甜，张口就像叫春的灵鸟：

这两年，农民也信不过国营企业了。电视机买来，放上半年，屏幕上的人影扭来拐去；收音机听几个月，变成了哑巴。工厂要发奖金，产品越做越毛糙，哪里赶得上农二哥的地头货，实打实，掺不得半点假。农民上当上怕了，这姑娘的新产品，围的人也只敢看，不敢下手。

“小朋友，这不是野牛，这是犀牛。”

“稀牛，稀泥巴糊的牛。”大男孩拍掌高叫，惊得临溪的两只白鸭，也“嘎嘎”扇翅。

“稀泥巴牛会犁田么？”小女孩天真地问。

“不会，它是珍稀动物。”远方来的姑娘像幼儿园的大阿姨给山区的小孩们摆起了“龙门阵”。

一个满头银发的老太太，咳喘着，走了过来。小女孩转身扯住老人的衣袖，又摇又晃：“奶奶，奶奶，您看！鼻子上长角的‘稀牛’。”

老太太“啌啌”地咳喘，刚抬起昏花的老眼又抚胸埋下。

“老太太，您患的是哮喘，是肺上、气管上出了毛病。”姑娘一面给小女孩牵伸衣领，一面给走近的老太太寻诊。

“老毛病了，唉！几十年了。”老太太面露无奈的苦笑。

“没吃点药吗？我是药厂的推销员。这是一种新药。”她谦和地指着画边几个醒目的大字，“八宝珍珠犀牛丸。您可以买去试试。”

此时，姑娘周围渐渐聚集了一圈看热闹的人。市管会大门里走出一个抱婴孩的妇女，站在门口就喊：

“喂，干啥子的？”

姑娘闻声回眸，嫣然一笑，指着墙画的下端：“我是西南制药三厂的。”她掏出盖有鲜章的红头纸，展示给没有兴趣看的那妇女。

“这是我们新开发，自产自销的新药。”姑娘边说，边迎向那妇女，还拍响手掌逗弄起那妇女怀中的婴孩。

妇女笑着走了。

站回了原位的姑娘，像展览馆里的解说员，又绘声绘色地介绍起这种良药的效用。

一个又干又瘦的小伙子皱起鼻根，嘴巴一撇：“吹牛，有那么灵的药，医院门槛怕要生青苔了。”

姑娘瞄了他一眼，没有理会，拿着夹在塑料薄膜里的药片，继续说：“这是最新产品，没听说，没关系，吃了才知效力。国营大厂，出厂实价……”

“怕是卖议价的哟，新产品还有厂价卖不脱，拿来栽给我们农二哥的？”干叫的还是那瘦猴。

一个老汉在旁边用长烟杆头狠狠地磕了他一下：“侯老幺，人家市管会的干部都没开腔，你龟儿子精灵完了！”

瘦猴顿时哑了。老汉收回长烟杆，斜掖裤腰，边看热闹边在犹豫：买不买呢？二角五一粒，票子要得太贵，这东西又不是吃点把点就能生效的。再说，这姑娘是推销员，推销员的话未必信得过，而今电视广告上还有吹牛的呢！

“侯三爸，你家三嫂腰痛几年了，买两颗回去，试下

这两年，农民也信不过国营企业了。电视机买来，放上半年，屏幕上的人影扭来拐去；收音机听几个月，变成了哑巴。工厂要发奖金，产品越做越毛糙，哪里赶得上农二哥的地头货，实打实，掺不得半点假。农民上当上怕了，这姑娘的新产品，围的人也只敢看，不敢下手。

嘛。”有人在逗他。

三爸老嘴咧开，哼哼呵呵，心里却在嘀咕：“又不是抢落了的，慌个球。”

这两年，农民也信不过国营企业了。电视机买来，放上半年，屏幕上的人影扭来拐去；收音机听几个月，变成了哑巴。工厂要发奖金，产品越做越毛糙，哪里赶得上农二哥的地头货，实打实，掺不得半点假。农民上当上怕了，这姑娘的新产品，围的人也只敢看，不敢下手。

这时，场道上过来一个拖平板车的小伙子，他朝人堆踮脚一瞧：“哈，稀奇，漂亮姑娘卖打药！”

他板车一撂，就拱去人堆里。恰好这时一辆解放牌汽车疾驰而来，一个急刹，差点抵上。

“嘀！嘀！嘀！”催促的喇叭声连连鸣响，司机伸出脑壳，大声叫骂：“哪个龟儿子的破车，没人要么，老子给他擂翻。”

司机拉开车门，一脸怒气地站在脚踏板上，又一个劲地猛揿喇叭。尖厉的啸音把姑娘周围那堆人的目光全吸引了过去。

还在冒火的司机，一眼溜见俊俏的姑娘，顿时神定了。他“砰”地关上车门，捧着茶盅，叼起烟卷，朝人圈走来。

“八宝珍珠犀牛丸。”他眯眼细瞧过，轻声念过，呷了口酽茶，斜瞟了眼姑娘，扔掉烟头，撩衣拨开腰间宽皮带上斜挂的皮夹，扯出一张“大团结”，撒手递去：“撕一颗来看看。”

姑娘敏捷地剪下一粒药片，刚送至他掌心，他那不怀好意的五指趁机朝上用力一合。抓空了的他，爽声大笑后，高抛起掌上的药片，吹响轻浮的口哨，转身离去。

“同志，补您钱。”姑娘怯生生地追喊。

司机嘻皮笑脸地回首，端详过脸红的姑娘，顺手将盅里的残茶倒掉，大步走向溪边。他的身后跟去了好些人，都用好奇的目光在打量。

司机蹬在溪边，舀了一盅清水，置盅于地，放进药片，然后掏出打火机，翻腕点燃。雪白的药片在飘燃中发胖，在蓝光忽闪、熄灭中慢慢沉入盅底。

司机举盅一扬，连药带水倾进了流溪。他笑扯扯地返回姑娘面前，大掌一伸：“就钱买。”

那一直跟随其后的侯三爸，用肩周轻碰了他一下：“师傅，这药，医啥子病的哟？”

“啥子病都医，吃了长生不老。”咧开黑牙大嘴，“哈哈”笑过的司机，跳上汽车，轰燃油门，一溜烟地驶去。

这下，围看热闹的人，自己热闹起来了。五颗、十颗……大声叫嚷，竞相争购。

老太太颤抖的手，掏出了白帕。小女孩帮她从中翻找出两张皱巴巴的钞票。

这两年，农民也信不过国营企业了。电视机买来，放上半年，屏幕上的人影扭来拐去，收音机听几个月，变成了哑巴。工厂要发奖金，产品越做越毛糙，哪里赶得上农二哥的地头货，实打实，掺不得半点假。农民上当上怕了，这姑娘的新产品，围的人也只敢看，不敢下手。

“老太太，你的哮喘，吃上十粒就能见效的。”她和蔼地对买药的人一一解说服用的方法，还一再叮嘱他们要及时反馈疗效。她留下的地址：“西南制药三厂科研处，电话 8941……”

暗下来的天色，收去了小溪夕阳的霞光。赶场的人快散空了，姑娘也收摊了，她捞起蔫瘪的旅行包，正欲起步，那位白发老太太又咳喘着走来，靠近她，小声说：

“姑娘，当心点，乡场上不大清静。”

“嗯。”姑娘含笑点头，匆忙离去。

乡场外，泥石公路的拐弯处，一辆解放牌汽车疾驶而来，“吱”的一声，急刹在她的身边。轮下蓬起的烟尘，笼住了她，也罩住了推开的车门里露出的她熟悉的那半张脸。她小嘴一呶，腰肢一袅，大步跨了上去。

汽车一溜烟，又消失在暮色的苍茫里。

发表于《新草地》1984年 4 期
有改动

# 后　记

少时爱好文学，多年从商，兴趣渐淡，偶尔听人谈起，就像戒烟多年，仍有挥之不去的心瘾。

故而，经商找钱，闲暇时，也穿起袈裟看风水，随心所欲地附庸起风雅来。

这倒切合了文学要素之首：真实。我无需任何功利，也不会粉饰自己，是怎么想的，就怎么写，不管别人怎么看。拙文表现的点滴生活，至少是一个商人，用商人的目光去关照时代变革的个体真实。我们这代商人，是冰河解冻之后，摸着石头下水的商人，既敏感新时代的气息，身上又带有旧时代的烙印。在商品社会兴起，泾渭合流的弄潮中，我们时而亢奋，时而困惑，时而感激现在，向往未来，时而又怀念过去的人间真情，漂浮不定的七情六欲，常常自己也理不清，道不明。这大约就是生活在泥沙俱下，沉渣泛起的变革时期的人，认识混沌的社会，大都不得要领的通病。

我们这代商人，是冰河解冻之后，摸着石头下水的商人，既敏感新时代的气息，身上又带有旧时代的烙印。在商品社会兴起，泾渭合流的弄潮中，我们时而亢奋，时而困惑，时而感激现在，向往未来，时而又怀念过去的人间真情，漂浮不定的七情六欲，常常自己也理不清，道不明。

“人生如逆旅，我亦是行人”（苏轼），既然生活在这个时代，我就存在，哪怕我的存在是没有价值的，但感受不会太少，记录一点自己原汁原味的感受，也是一种乐趣。

生活在这个混沌的时代，谁要想装绅士，都属虚妄。是什么底色就该亮出来，何必要装神弄鬼，莫非喝老白干的人还能嗝出五粮液的香气？

我最佩服地方上某些莫名其妙的人，脚杆一叉，自视名家，动不动就大谈什么“天赋”之类，或用自己都没悟到的“禅语”，去忽悠那些爱好文学的青年。其实，人与人没什么不同，天天琢磨炒菜的乡厨子，只要锲而不舍，同样也会成为名厨师的。各行皆如此。

何开四老师劝我把过去发表过的散文、小说汇集整理成书，并愿为书作序。我闭户在家，潜心改文，文虽只能如此，商场的浮躁情绪倒净化了不少，这几月过得又快又欢愉。在此，向开四老师深表谢意，同时也感谢不喜欢我行文的《四川文学》主编高虹老师多年给我发表的机会。

二〇一二年中秋之夜